KB262291

세계문학으로서의 아시아문학

지구적 세계문학 총서 1

세계문학으로서의 아시아문학

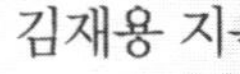

구미 오리엔탈리즘과 아시아 오리엔탈리즘을 넘어서

김재용 지음

글누림

　현대 한국문학을 공부하면서 늘 머리를 떠나지 않은 것은 세계문학으로서의 한국문학이었다. 19세기 중반 유럽의 공업화와 지구적 확산 이후 더는 고립적으로 살 수 없는 조건에서 탄생한 현대 한국문학을 세계문학의 맥락을 고려하지 않고서는 해석할 수 없기 때문이다. 현대 한국문학에 대한 집중적인 연구가 이루어지면 이러한 시각이 자동적으로 확보될 수 있을 거라고 믿었지만 시간이 흐르면서 세계문학에 대한 시각이 동반되지 않고서는 현대 한국문학 자체도 제대로 파악할 수 없다는 사실을 깨닫게 되었다. 현대 한국문학을 탐구하는 것과 세계문학을 파악하는 것을 병행하기로 마음먹은 것은 바로 이러한 이유 때문이었다.

　세계문학은 자명한 것이 결코 아니었기에 세계문학으로서의 한국문학에 대한 탐구는 미답의 길을 걸을 수밖에 없었다. 기존의 세계문학에 대한 이러저러한 논의들은 대부분 19세기 중반 이후 유럽과 미국의 지식인들이 자신들의 입장에서 해석한 것이었기에 세계문학으로서의 한국문학을 접근하는 데에는 큰 도움을 주지 못하였다. 구미가 걸은 길과는 다른 경로를 밟은 현대 한국문학을 설명하기 위해서는 구미 중심의 세계문학에 현대 한국문학을 억지로 끼워 맞추는 일보다는 비슷한 운명을 걸은 비서구 문학과의 비교가 더욱 긴요하였다. 비서구 문학으로서의 한국문학의 성격을 규명하기 위해서는 현대 아시아문학에 대한 이해가 전제되어야 한다고 믿고 작업을 시작하였다. 물론 현대 비서구문학은 아시아문학에 국한되지 않는다. 역사적 배경이 다름에도 불구하고 아시아문학은 아프리카나 라틴아메리카 현대문학과 공통의 운명을 갖고 있다. 구미의 현대문학과는 다른 공통점을 갖고 있는 이 세 지역의 문학에 대한 탐구가 이루어져야 명실공히 구미 중심의 세계문학이 아닌 지구적 세계문학이라 할 수 있을 것이며, 구미적 보편성이 아닌 지구적 보편성이라고 말할 수 있을 것이다. 이번에는 아시아에 국한하였고 다른 지역과의 비교 작업은 다음으로 미룰 수밖에 없었다.

생소한 탐구 방법에 깊은 회의가 들어 앞이 아득해질 때마다 매년 한국에서 열리는 아시아 아프리카 라틴아메리카 문학 포럼에 참가한 작가들을 떠올렸다. 안데스의 협곡에서, 종족간의 살육이 벌어지는 아프리카에서, 그리고 이스라엘 치하의 팔레스타인 등지에서 온 작가들은 구미적 세계문학의 틀에서 해방되어야 할 절실함을 이구동성으로 역설하면서 우둔한 필자를 깨우쳐 주었다. 그들과 함께 보낸 낮과 밤들의 이야기가 없었다면 어설픈 이 작업은 처음부터 불가능했을 것이다. 먼 길을 마다하지 않고 와서 새로운 지구적 세계문학의 꿈을 공유했던 그들에게 감사할 따름이다. 이번에도 어김없이 필자의 첫 독자가 되어준 아내 이상경의 지적 응원이 없었더라면 이 작업을 마치지 못했을 것이다.

2012년 가을 계룡산 밑에서

김재용

차 례

서론 : 구미중심적 세계문학에서 지구적 세계문학으로

제1부 남아시아

제2부 동남아시아

제1장 프라무댜 아난타 투르

제2장 시오닐 호세

제3부 서아시아

제1장 마흐무드 다르위시

제2장 사하르 칼리파

과제 : 지구적 보편성을 위하여 _ 239

Global worl

구미중심적 세계문학에서 지구적 세계문학으로

낙후한 봉건사회의 유럽은 아시아와의 통상을 위해 위험을 무릅쓰고 긴 항해를 시작하였다. 이러한 진출은 대항해시대에 들어서면서 더욱 가속화되어 먼 중국까지 이르렀다. 아쉬운 것이 없던 중국이었지만 영국을 비롯한 유럽의 공업화 앞에서는 여지없이 무너졌다. 아편전쟁 이후 홍콩이 영국의 식민지가 된 것은 시작일 뿐이었다. 유럽의 선박들은 서로 각축을 벌이면서 아시아의 항구를 마음대로 드나들었다. 세계는 한층 더 긴밀하게 움직였고, 인류는 '세계화'라는 새로운 차원을 경험하게 되었다.

왜 지금 지구적 세계문학인가

아시아인을 지배해온 유럽중심주의적 세계문학의 틀이 허물어지고 있다. 유럽문학이 더는 세계인을 사로잡지 못하는 점도 있지만, 유럽 이외의 지역인 아시아 등에서 새로운 저력 있는 문학이 등장하고 있기 때문이다. 과거에 세계문학의 표준으로서 명성이 자자하던 유럽문학은 이제는 세계문학의 중심이 아닌 것이다. 유럽문학은 단지 세계의 일부분인 유럽 지방의 문학일 뿐이다. 오늘날 지구상의 문학인들은, 의식하든 의식하지 않든, 유럽문학을 세계문학의 하나이면서 유럽 지방의 문학으로 되돌리고 있다.

19세기 중반 이후 유럽인에게 뿌리내린 유럽중심주의적 세계문학관은 유럽의 팽창과 더불어 전 지구를 점령하게 되었다. 영국보다 인도에서 먼저 영문학의 체계가 세워졌다는 한 연구 결과처럼 제국의 본국보다 식민지에 유럽중심주의적 세계문학관이 더욱 요구되었다. 이후 유럽은 물론이고 유럽 바깥에서 유럽중심주의에 입각한 정전이 널리 퍼지게 되었고, 서구인을 비롯한 모든 인류가 유럽중심주의에 입각한 세계문학의 정전을 배우려고 노력하는 과정에서 새로운 세계문학관이 탄생하였다. 괴테가 염두에 두었던 세계문학관과는 너무나 다른 세계문학이 확산되고 제도화된 것이다. 유럽을 닮으려고 노력하였었던 일본이 1890년대에 만든 세계문학의 정전을 보면 유럽중심적 세계문학의 정전이 비서구 사회에 급속하게 확산되었음을 확인할 수 있다. 이러한 일은 비단 일본뿐만 아니라 많은 아시아 나라들에서 공통적으로 발생하였다.

유럽중심주의에 바탕을 둔 세계문학관을 타파하고 진정한 의미의 지구적 세계문학을 열어가기 위한 노력은 유럽의 자본주의가 제국주의로 전화되면서부터 나오기 시작하였다. 유럽이 창출한 공업화 이후의 제국주의의 현대세계가 내부적으로 많은 문제점을 드러내자 유럽 안팎에서 비판이 제기되었고, 이를 넘어서려는 노력이 다방면에 걸쳐 행해졌다. 특히 그동안 유럽의 중압 속에서 허우적거렸던 비유럽의 지식인들이 유럽 제국주의의 추악한 면을 목격하면서 자신의 과거를 돌아보는 성찰의 시간을 가지면서 사태는 달라지기 시작하였다. 유럽중심주의를 넘어서려는 이러한 노력은 비유럽의 많은 나라들이 유럽의 제국에서 벗어나는 제2차 세계대전 이후에 이르러 본격화되었다. 정치적 독립에 그치지 않고 정신적 독립을 이루려는 노력이 문학을 중심으로 광범위하게 이루어졌다. 1950년대에 이르러 동력을 얻게 된 이 같은 흐름은 특히 문학에서 뚜렷하게 드러났다. 1958년 타슈켄트에서 아시아 아프리카 작가대회가 열렸고 이를 기반으로 아시아 아프리카 문학협회가 만들어졌으며 이후에는 기관지 『로터스』를 발간하는 등 활발한 노력이 이어졌다. 하지만 이러한 노력은 태생적으로 많은 문제점을 안고 있었다. 이 모임이 열렸던 타슈켄트가 소비에트연방의 한 지역이었던 우즈베키스탄의 수도라는 사실에서 잘 드러나는 것처럼 단적으로 냉전의 산물이었다. 표현의 자유를 기치로 내걸고 이미 존재하였던 미국 주도의 국제 펜클럽에 대항해서 소련 영향권하의 작가 단체를 만들려는 의도에서 나온 것이 바로 이 모임이었다. 여기에 직간접으로 참여한 작가들의 개인 의사는 이와 무관할 수 있지만 전체 틀은 분명 그러한 맥락 속에서 진행되었다. 또한 이 모임은 라틴아메리카문학을 제외하였기 때문에 명실상부하게 비서구를 대표한다고도 할 수 없었다. 또한 작가들이 모이는 과정 자체도 국민국가체제를 넘어서려는 어떤 노력도 수반하지 않았기 때문에 진정한 의미의 지구적이라고도 할 수 없었다. 이러한 문제점을 안고 있었던 이 모임이 소련의 붕괴와 궤를 같이하여 몰락하였다는 것은 결코 우연이 아니다.

유럽중심주의에 입각하여 구성된 세계문학의 틀을 해체하고 진정한 의미의 지구적 세계문학으로 나아가기 위해서는 두 가지의 인식전환이 필요하다. 하나는 기존의 세계문학의 정전이 갖는 유럽중심주의를 분석하고 비판하는 것이다. 현재 다양한 세계문학의 선집이

나 전집 그리고 문학사들은 19세기 후반 이후 정착된 유럽중심주의의 산물이다. 특히 이 정전들이 구축될 무렵은 유럽이 제국주의 침략을 할 시절이기 때문에 유럽중심주의가 더욱 심하였다. 따라서 이를 비판하는 작업이 따라야 하는데, 에드워드 사이드가 펼친 일련의 작업은 그러한 노력의 값진 성과였다. 그동안 별다른 의심 없이 받아들여졌던 유럽중심적 세계문학의 정전들을 가차 없이 비판하고 해체한 사이드의 작업은 유럽중심주의를 넘어서기 위해서 반드시 거쳐야 할 과정이었다. 하지만 사이드의 많은 저작들이 잘 보여주는 것처럼, 자신이 속한 아랍문학을 제외하고는 비서구문학의 문학적 성취 자체를 탐구하는 작업으로 이어지지는 못하였다. 서구문학의 비판에 머물렀지 비서구문학의 상호 이해와 소통까지는 미치지 못하였던 것이다. 정작 필요한 것은 비서구문학의 상호 소통과 새로운 지구적 '보편성'의 확립으로, 이를 위해서는 비서구 작가들의 작품을 읽고 그 속에서 새로운 담론들을 만들어내야 하는 것이다. 필자가 이 책에서 아시아문학을 읽어내려고 하는 것은 바로 이러한 노력의 일환이다.

현대 아시아문학은 19세기 중반 이후 구미의 공업화와 그 여파 속에서 태어났다. 구미의 공업화 이전에 아시아 각 지역은 자신들을 세계의 중심으로 간주하면서 타 지역과의 교섭을 아주 최소화하였다. 이러한 자종족중심주의는 구미의 공업화와 그 연장선에서 나온 제국주의의 압력으로 지속될 수 없었다. 일부에서는 과거의 방식을 고수할 수 있다고 주장하면서 즉자적인 대응을 내놓기도 하였지만 대부분의 지식인들은 과거의 방식을 그대로 지켜나가는 것은 몰락만을 자초한다고 판단하였다. 이러한 위기 속에서 나온 것이 바로 현대 아시아문학이다.

현대 아시아의 문학인들은 구미 제국주의가 선전하는 매혹적인 수사의 덫에도 걸리지 않으면서 그 자장에서도 벗어나는 과제를 안고 있었다. 구미 제국주의가 문명화와 민주주의의 이름으로 내놓는 일련의 교화에 넘어가지 않는 것이 일차적 과제였다. 구미의 제도가 갖는 화려함과 편리함이 그 바깥 세계 사람들의 정신을 빼앗아갈 정도로 휘황찬란하였기에 여기에서 벗어나는 것이 결코 쉬운 일은 아니었다. 하지만 구미의 나라들이 벌이는 제국주의적 행태를 보면서 그 뒷면에 놓인 폭력을 간취할 수 있었다. 사실 현대 아시아 작가들이 내적으로 겪는 어려움은 구미 제국주의의 이데올로기에 대한 정시보다 그것이 자신들에게 미친 지적 파장에 현혹되지 않는 것이었다. 이들은 현란한 구미의 공업화와 그 결과들이 빚어내는 새로운 제도들을 목격하면서 한편으로는 그것을 닮아가려고 노력하는가 하면, 한편으로는 그것에 오염되지 않은 순수한 과거의 세계를 동경하면서 재창출하려고 하였다.

이 두 가지 방안은 구미 제국주의를 극복할 수 있는 대안으로서 현대 아시아의 지식인들과 문학인들의 마음을 끌었다. 이들의 마음을 휘어잡았던 것 중에서 지속적으로 영향력을 발휘한 것은 내셔널리즘과 반서방주의라는 아시아 오리엔탈리즘이었다. 이 둘은 구미 오리엔탈리즘과 표면적으로 대치되는 것처럼 보이지만 그 인식틀의 회로를 넘어선 것은 아니다. 이 책에서 다루는 여섯 명의 작가는 모두 이러한 지적 덫에서 벗어나려고 분투하였다. 이들의 지적 고투는 구미 오리엔탈리즘과 이의 대응으로 나온 아시아 오리엔탈리즘 모두를 극복하고 새로운 지구적 보편성을 찾으려는 노력이었다.

제 2 장

구미 오리엔탈리즘과 아시아 오리엔탈리즘

1. 구미 제국주의와 그 이데올로기로서의 오리엔탈리즘

1.1. 공업혁명 이후의 유럽중심주의와 오리엔탈리즘:문명화

르네상스 이전의 중세 암흑기에는 유럽이 아시아에 뒤처져 있었기 때문에 유럽중심주의 같은 태도가 발생하기 어려웠다. 유럽이 대항해시대를 주도하면서 아메리카 대륙에 도달한 이후 오랜 잠에서 깨어난 유럽이 자신을 확대하기 시작하면서 유럽중심주의의 가능성이 열렸다. 하지만 실제로 유럽중심주의가 발생한 것은 훨씬 이후이다.[1] 흔히 '바야돌리드 논쟁'이라고 불리는 1550년대 스페인 내에서의 담론은 이 시기에 유럽이 아시아는 제외하고 비유럽인 아메리카

---

[1] 라틴아메리카의 지식인 중 식민지와 근대성을 비판하는 뒤셀이나 미뇰로가 이 시기를 유럽중심주의의 출발로 잡는 것은 유럽과 아시아의 관계사를 잘 이해하지 못하고 유럽과 라틴아메리카의 관계만을 본 데에서 나온 것이라 할 수 있다.

와 아프리카에 대해 자신을 우위에 놓기 시작하였음을 보여준다. 라스 카사스 신부와 세풀베다 신부 사이에 벌어진 이 논쟁은 스페인의 아메리카 인디언 정복 전쟁을 둘러싸고 벌어졌다. 세풀베다는 인디언들이 인간의 목숨을 제물로 바치는 것을 야만인의 증거로 들면서 이들에 대한 어떠한 전쟁도 정당하다고 주장하였다. 반면 라스 카사스는 인디언들은 결코 야만인이 아니라면서 그동안 그들이 기독교를 몰랐기 때문에 믿지 않았던 것일 뿐이지 알면서도 믿지 않는 이단과는 다르다며 전쟁이 아닌 평화적 방법으로 선교할 것을 주장하였다.[2] 세풀베다의 책 출판을 금지할 것을 염두에 두고 시작한 라스 카사스의 논쟁은 결국 세풀베다의 책을 금지하는 쪽으로 가닥이 잡혔다. 하지만 이 논쟁에서 놓치지 말아야 할 점은 인디언들이 야만인이 아니라고 주장하였던 라스 카사스가 아프리카 흑인들을 노예로 아메리카로 끌어들이는 과정에서 일정한 역할을 하게 되었다는 사실이다. 라스 카사스는 황제에게 인디언들을 노예로 취급하지 말 것을 부탁하면서 부지중 아프리카 흑인들이 인디언들보다 노예로 적당하다는 말을 하게 됨으로써 궁극적으로 아프리카 흑인들을 아메리카로 데려가는 데 일조하게 된다. 후에 라스 카사스는 자신의 발언으로 흑인노예무역이 시작된 것을 후회하는 글을 남기지만 때는 늦었다. 이미 대서양 흑인노예무역이 일반화되었기 때문이다. 결국 인디언과 흑인들은 유럽인 정복자들의 격심한 착취에 시달려야만 했다.

2) Las Casas, *In Defense of the Indians*, Stafford Poole 옮김(Northern Illinois University Press, 1992), 267쪽.

구제국주의는 아시아 지역을 점령 지배하는 동기가 자신들의 물욕 때문이 아니라는 것을 강조하기 위하여 문명화의 임무를 더욱 부각시켰고, 문명화한 유럽인이 야만적인 아시아인을 구제하기 위하여 위험을 무릅쓰고 먼 항해를 나선 것으로 묘사하였다. 야만적인 아시아인에게 유럽적 복장을 입혀 문명화시키는 데에서 자기만족을 얻는 시선으로 가득 찬 사진이다.

하지만 유럽인들이 아직 함부로 대하지 못하며 심지어 흠모의 대상으로까지 우러러보는 존재가 있었다. 바로 중국을 비롯한 아시아였다. 대항해시대 이후 자신감에 넘친 유럽인들이었지만 아시아는 함부로 넘볼 수 없었다. 르네상스 시기 영국의 엘리자베스 여왕이 인도의 아크바르 황제에게 보낸 편지에서 이성적이고 인간적인 세상에 대한 찬사를 늘어놓았던 것은 오로지 통상을 위한 아첨만은 아니었다. 중국은 더욱 그러하였다. 과거부터 유럽인들은 중국을 꿈의 나라로 생각하였다. 마르코 폴로의 여행기가 발간된 이후 대부분의 유럽인들은 중국을 유럽과는 비교가 되지 않을 정도로 잘사는 풍요로운 땅으로 인식하였다. 콜럼버스가 동방으로 가기 위해 마르코 폴로의 여행기를 열심히 읽고 일일이 주석을 단 책이 지금까지 남아 있는 것은 이를 잘 말해준다. 대항해시대 이후 유럽의 교단들이 중국 선교를 하기 위하여 항해를 하였지만 대부분 실패하고 말았다. 그럴 수밖에 없었던 것이 당시 중국인들은 서양의 기독교 교리를 이미 자신들이 극복한 대상 정도로 간주하였기 때문이다. 불교를 극복한 마당에 이와 유사한 기독교에 대해서는 더 논할 필요가 없다는 것이 당시 중국의 지식인들이 갖고 있던 태도였다. 따라서 기독교도들을 받아들인다 하더라도 그것은 어디까지나 유럽 오랑캐들이 성취한 천문학 등의 지식을 흡수하기 위한 책략일 뿐 그 이상은 아니었다. 실제로 마테오리치를 비롯한 유럽의 많은 선교사들이 중국에 들어와 포교 활동을 하였지만 워낙 생활수준의 차이가 컸기 때문에 쉽게 선교하기 어려웠던 것도 이러한 이유 때문이다. 마테오리치가 중국의 과거시험 제도를 목격하고 유럽으로서는 흉내도 내기 어렵다고 말할 정도로 중국의 제반 제도는 유럽과 큰 차이가 있었다. 그렇기 때문에 1840년 아편전쟁 이전까지 어떠한 시도도 성공할 수 없었던 것이다. 오히려 예수회 신부들의 보고서가 유럽으로 전해 들어오자 중국에 대한 유럽인들의 선망은 한층 더 높아갔다. 아메리카 인디언들과 아프리카 흑인들을 문명화의 대상으로 보았던 유럽 지식의 핵심 지역이었던 스페인에서 활동하던 세르반테스는 소설 『돈 키호테』에서 자주 중국에 대한 선망을 드러내 보여준다.

수없이 많은 곳에서 돈 끼호떼를 하루빨리 보내라고 독촉하고 있기 때문입니다. 벌써 2권의 주인공 이름으로 가장한 다른 돈 끼호떼가 나와서 세상을 설치고 다니니 이 지겹고 구역질나는 꼴을 없애달라는 것이지요. 제 책의 빠른 출판을 가장 원하는 분 중의 한분이 중국의 대황제셨으니, 그분은 약 한달 전에 중국어로 저에게 편지를 써서 사신 편에 보내시면서 청하기를, 청한다기보다는 정확히 말해서 간청하기를, 『돈 끼호떼』를 보내달라는 것이었습니다. 그 이유는 황제께서 학교를 세워 에스빠냐 말을 가르치고 읽히려 하는데, 그 학교에서 읽힐 책이 돈 끼호떼의 이야기였으면 한다는 것이었으며, 이런 사연과 함께 황제는 제가 그 대학교의 총장이 되어달라고 부탁까지 하셨습니다.

저는 편지를 들고 온 사신에게 폐하께서 저에게 쓰라고 무슨 비용 같은 것은 보내지 않았냐고 물었습니다만, 그는 대답하기를 그런 것은 생각도 안하시더라고 했습니다.

"그렇다면, 이 사람아." 제가 대답했습니다. "자네는 자네 나라 중국으로 돌아가시게나. 하루에 열 마장을 가든 스무 마장을 가든, 하여튼 오신 발걸음 그대로 급히 돌아가시게나. 왜냐하면 나는 그렇게 긴 여행을 할 만큼 건강하지도 않고, 몸이 아플 뿐만 아니라 돈도 한푼 없다네. 굳이 황제나 왕 이야기를 하자면 그래도 나에겐 나뽈리에 레모스 대백작님이 계신다네. 그렇게 학교니 대학이니 총장이니 하는 직책 없이도 나를 먹여살리고 보호해주고 내가 생각지도 않는 은혜까지도 다 베풀어주시는 분이라네."

이런 말로 작별을 했습니다.[3]

자신을 후원해주던 레모스 백작에게 보내는 글의 한 대목에서 세르반테스는 중국을 등장시켜 자신의 인기를 자랑하고 있다. 문명국인 중국에서까지 이렇게 대우할 정도로 자신의 작품이 인기를 끌고 있으니 이러한 자신을 후원해주는 것이 결코 백작의 품격에 반하는 일이 아니라는 점을 완곡하게 말하고 있다. 세르반테스의 머릿속에 존재하는 중국은 인디언들의 아메리카나 흑인들의 아프리카와는 비교가 되지 않을 정도이다. 이런 점을 미루어보면 당시 유럽인들에게 중국은 감히 넘볼 수 없는 대상이었음이 분명하다. 따라서 유럽이 이 세계의 중심이고 다른 지역은 모두 주변이라는 생각, 또한 유럽이 문명이고 다른 비유럽 지역은 야만이라는 생각은 아직 들어서기 어려운 상황이었다. 당시 유럽인들이 자신들보다 낮은 존재로 보았

---

3) 미겔 데 세르반떼스, 『돈 끼호떼 II』, 민용태 옮김(창비, 2005), 17~18쪽.

던 것은 아메리카 인디언과 아프리카 흑인에 국한되었다. 따라서 대항해시대에는 유럽중심주의가 들어설 여지가 없었다.

유럽의 지식인들 사이에서 중국을 어떻게 볼 것인가는 17세기와 18세기 내내 중요한 문제였다. 예수회 선교사들의 보고서에 나타나는 것처럼 일부 지식인들은 중국에 대한 강한 흠모를 드러냈고, 일부 지식인들은 중국의 전제정치를 근거로 차츰 거리를 두려고 하였다. 루소 같은 비판론자들과 다르게 중국에 대한 강한 지지와 존경을 보여주었던 이는 라이프니츠이다. 라이프니츠는 다양한 활동을 통하여 중국문명의 위대함을 고무 찬양하였다. 이러한 유럽 지식인들의 중국관은 괴테에까지 이르렀다. 괴테는 아시아에 대해 각별한 관심을 갖고 그들의 문학을 읽기 시작하였다. 처음에는 유럽에서 가까운 히브리어 문학을 이해하였고, 차츰 동으로 나아가 아랍, 이란, 인도를 거쳐 중국에까지 이르렀다. 특히 인도에서 산스크리트어를 해독하여 인도·유럽어족이란 것을 창안한 영국의 윌리엄 존스가 라틴어로 번역한 아시아문학에 관한 책을 통하여 페르시아문학 등을 접하였다. 후에 독일어로 번역된 페르시아 시인 하피스의 시집을 읽고 감동을 받아 『서동시집』을 낸 것은 당시 아시아문학에 대한 열정의 연장선 위에서 나온 것이다. 이후 괴테는 인도 오른쪽에 있는 중국에까지 관심을 뻗쳐 독일어로 번역된 중국문학을 읽고 감동을 받았다. 그가 '세계문학'이란 말을 쓴 것은 바로 중국문학을 읽고 난 다음이다. 괴테가 이스라엘·아랍·페르시아·인도 문학에 이어 중국문학을 읽고 감동을 받은 후에 세계문학이란 말을 사용했다는 것은 매우 의미심장하다. 그동안 유럽인들의 마음속에 깊이 자리 잡았던 중국문학을 접하고 이를 받아들일 수 있었을 때 비로소 괴테는 세계문학이란 말을 사용할 수 있었던 것이다.

괴테와 저녁 식사를 함께 했다.

"요 며칠간 자네와 만나지 못한 동안에 여러 가지 책을 많이 읽었네. 그 가운데 특히 중국소설도 있었는데, 아직 다 읽지는 못했지만 매우 주목할 만한 작품인 것 같네."

"중국소설이라고요? 아마 무척 낯선 작품일 것 같군요."

"생각만큼 그렇게 낯설지는 않네. 사람들의 생각이나 행동이나 감정이 우리와 거의 똑같아서 금방 자신도 그들과 똑같다는 느낌을 갖게 되네. 다만 그들의 경우는 모든 것이 좀 더 명확하고 순수하고 도덕적이라는 점만이 다를 뿐이지. 그들의 소설에서는 모든 것이 이성적이고 시민적이며, 격한 열정이나 시적인 고양 같은 것은 찾아볼 수 없네. 그렇기 때문에 나의 『헤르만과 도로테아』나 영국 소설가 리처드슨의 작품과 아주 유사하네. 그러나 한 가지 다른 점은, 그들의 작품에서는 외부의 자연이 인간적인 형상과 함께 항상 살아 숨 쉬고 있다는 거라네. 연못 속에서는 금붕어가 물을 철벙거리는 소리가 항상 들려오고, 나뭇가지에서는 새들의 노랫소리가 끊이지 않네. 또한 낮에는 언제나 해가 밝게 빛나고 밤하늘은 항상 맑게 개어 있네. 달에 관한 이야기가 빈번히 나오지만 달 때문에 풍경이 변하는 법은 좀처럼 없고 달빛도 낮과 같이 밝은 것이라 생각되고 있네. 그리고 집 안도 그들의 그림에서 보는 바와 같이 아주 깔끔하면서도 우아하네. 예를 들면 사랑스런 소녀들의 웃음소리가 들려왔다, 그쪽을 돌아다보니 그녀들이 고운 등나무 의자에 앉아 있었다라는 식의 설정이네. 이러한 구도만 보더라도 그야말로 정겨운 상황이 금방 떠오를 걸세. 왜냐하면 등나무 의자란 아주 경쾌하고 우아한 이미지와 연결될 수 있을 테니까 말이네. 그리고 무수히 많은 설화가 언제나 이야기 속에 함께 등장해서, 말하자면 속담처럼 사용되고 있네. 이를테면 다리가 아주 가볍고 우아해서 꽃 위에 올라서도 꽃이 꺾어지지 않았다는 소녀의 설화가 그러하네. 또한 품행이 방정하고 용감해서 30세의 젊은 나이에 황제를 알현하는 영광을 얻은 한 젊은이에 관한 설화도 있네. 그리고 또 연인들에 관한 설화도 있네. 이 연인들은 오랫동안 사귀어오면서도 아주 처신이 신중해서, 어느 날 밤 한방에서 함께 지새게 되었는데도 손가락 하나 건드리지 않고 이야기로 밤을 샜다는 것이네. 하지만 이와 같이 무수한 설화가 있는데도 하나같이 이렇게 엄격한 절제를 강조해왔기 때문에, 중국이라는 나라가 수천 년 동안 유지되어왔네. 그리고 앞으로도 계속 존속하게 되겠지. (중략) 물론 우리 독일 사람은 우리를 둘러싸고 있는 좁은 울타리를 벗어나 멀리 볼 수 있는 시야를 갖추지 못하면 너무나도 쉽게 이런 현학적 망상에 사로잡히고 마네. 그래서 나는 곧잘 다른 민족에 비추어 나를 돌아보려 하고 누구에게나 그렇게 하도록 권하고 있네. 오늘날에는 민족문학이라는 것이 별 의미가 없고 세계문학의 시대가 도래했다네."[4]

중국소설을 자신의 소설과 동일한 층위에 놓고 사고하는 괴테의 태도 어디에서도 19세기 중반 이후 유럽의 지식인과 문학인들 사이

4) 요한 페터 에커만, 『괴테와의 대화』, 박영구 옮김(푸른숲, 2000), 253~256쪽.

에 내면화된 유럽중심주의적 태도를 찾아볼 수 없다. 괴테는 1827년에는 중국에 관한 시 「중국과 독일의 계절과 하루」를 발표하기도 하였다. 우리는 이 시에서 중국에 대한 유럽의 우위를 전혀 발견할 수 없다. 오히려 괴테는 중국의 현인들이 자연과 인생을 즐기고 누리는 방식에 대해 깊이 공감하면서 동경하고 있다. 따라서 이 시기에 유럽에서 유럽중심주의가 있다고 한다면 그것은 단순한 자종족중심주의와 유럽중심주의를 혼동한 데에서 비롯된 것이다.

괴테의 이러한 태도는 이 시기에 널리 퍼진 '동양 르네상스' 관점에서 바라보아야 제대로 이해할 수 있다. 프랑스 학자 스왑이 말한 동양 르네상스란 르네상스 이후 유럽이 그리스를 발견함으로써 인류의 문명적 자원에 젖줄을 댈 수 있었던 것처럼 이제 중국을 비롯한 동양에서 새로운 문명의 지적 자원을 얻고자 하는 태도를 말하는 것이다.5) 유럽은 그리스에 이어 동양의 지적 자산들을 자신의 것으로 할 수 있게 됨으로써 비로소 인류의 모든 지적 유산을 자기화할 수 있게 되었다고 생각하였다. 괴테가 독일어로 번역된 페르시아의 시들, 특히 하피스의 시를 본격적으로 읽기 전에 이미 페르시아를 비롯한 동방의 시를 읽을 수 있었던 것은 앞서 말한 것처럼 윌리엄 존스가 아시아의 시를 라틴어로 번역하였기 때문에 가능한 일이었다. 괴테는 『서동시집』에서 자신이 윌리엄 존스의 번역 시집을 읽고 깊은 감명을 받았음을 자랑스럽게 회고하고 있다. 윌리엄 존스는 인도

---

5) Raymond Schwab, *The Oriental Renaissance*, Gene Patterson-Black and Victor Reinking 옮김(Columbia University Press, 1984), 11쪽.

에서 근무하면서 산스크리트어가 그리스어에 비해 결코 뒤지지 않을 뿐 아니라 오히려 더욱 풍부하다고 말하면서 이른바 인도·유럽어족이란 개념을 만들어냈다. 그는 인도에 산스크리트어를 배울 수 있는 학교를 세우고 거기서 체계적으로 동양어들을 가르칠 정도로 동양 르네상스의 핵심적인 인물이었다. 이런 인물을 통하여 괴테가 아시아문학을 접하였다는 것은 그가 동양 르네상스의 아들임을 말해주는 것이다. 하지만 영국이 공업화에 어느 정도 성공하기 시작하면서 동양 르네상스는 차츰 그 빛을 상실하고 유럽중심주의가 들어서기 시작하였다. 실제로 1830년에 이르러 인도 총독은 산스크리트어를 가르치는 학교를 폐쇄하고 영어 교육을 공식화하였다.[6] 동양 르네상스가 사라지고 그 자리를 메운 것이 바로 유럽중심주의이다.

그러면 유럽중심주의는 언제부터 시작된 것일까? 유럽인들 사이에 유럽이 세계의 중심이고 문명의 발상지라는 인식이 자리 잡기 시작한 것은 1840년 영국과 중국 사이에 벌어진 아편전쟁 이후부터라고 추정된다. 아편전쟁 이전만 해도 무역수지의 불균형 때문에 영국은 온갖 방법을 동원하여 중국과 외교관계를 맺으려고 노력하였다. 1793년 영국이 매카트니 대사를 중국에 파견하여 교섭하려다가 실패한 사례는 이 시기에 영국이 얼마나 중국에 매달렸는가를 잘 보여준다. 당시 중국은 영국을 여러 조공국 중의 하나로 간주하여 대우하려고 하였지만 영국은 이를 받아들이지 않았다. 중국 황제를 알현

6) David Kopf, *British Orientalism and the Bengal Renaissance*(University of California Press, 1969), 235~252쪽.

하는 데에는 성공하였지만 중국 황제는 광둥 지역에서의 무역 이외에는 어떠한 형태의 무역도 인정하지 않았다. 중국 황제가 무역을 피한 것은 중국에는 이 세상의 모든 것이 있으므로 굳이 영국과 교역을 할 필요가 없다고 생각하였기 때문이다. 하지만 영국은 중국에서 차를 위시하여 다양한 물품을 수입하였지만 이를 대신할 만한 수출품이 없어 극심한 재정적자를 겪고 있었다. 재정적자를 만회하기 위하여 영국이 내세운 상품은 정작 자신들이 불법으로 규정한 아편이었다. 미얀마 등지에서 재배한 마약을 수출하고 이 돈으로 차를 수입하는 것이었다. 아편 밀무역에 놀란 중국 정부가 이를 불법화하자 영국은 대포를 장착한 증기선으로 중국을 침략하였다. 이 전쟁에서 승리함으로써 영국은 마침내 중국을 누를 수 있었고, 이후 유럽이 세계의 중심이라고 호언할 수 있게 되었다. 영국의 산업화, 즉 증기선의 발명이 유럽을 세계의 중심으로 만든 것이다. 향후 이러한 인식은 유럽 전체에 퍼져 마치 유럽이 원래 세계의 중심이고 문명의 발상지인 것처럼 간주하는 문명관이 자리 잡게 되면서 유럽 지식인들 사이에서 유럽중심주의가 널리 퍼지게 되었다. 1851년 영국의 만국박람회는 이러한 유럽중심주의가 대중적으로 모습을 드러낸 예이다. 1853년 뉴욕에서 영국의 본을 따 크리스털 팰리스가 만들어진 것은 유럽만이 아니라 미국도 이러한 큰 흐름에 놓여 있음을 잘 보여준다. 유럽중심주의가 발생한 결과로 구미 오리엔탈리즘이 등장하게 된 것이다. 유럽의 오리엔탈리즘은 유럽의 자본주의가 공업화 이후 제국주의로 전화하면서 생겨난 이데올로기이다.

필자가 이 책에서 사용하고 있는 오리엔탈리즘의 개념은 에드워드 사이드의 이론에서 암시를 받은 것이기는 하지만 유럽중심주의의 등장 시점을 설정함에 있어서는 그것과 큰 차이가 난다. 사이드는 유럽중심주의와 단순한 자종족중심주의를 혼동하여 르네상스 심지어 그리스 시대까지 오리엔탈리즘을 끌어올린다. 그리고 본격적인 근대 오리엔탈리즘도 프랑스가 이집트를 침략한 19세기 초반 이후로 잡고 있다. 이는 자신이 익숙하게 알고 있던 이집트와 아랍을 중심에 놓고 세계사를 바라보는 태도에서 빚어진 것으로, 아랍 이외의 아시아 지역에 대한 이해가 깊지 않은 데에서 비롯된 것이다. 단순한 자종족중심주의는 모든 시대에 걸쳐 있을 수 있다. 하지만 유럽중심주의는 유럽이 세계의 중심이며 문명이고 나머지 비유럽 지역은 모두 야만이므로 유럽이 문명화시켜주어야 한다는 인식이 지배적이 된 후에 시작된 것이다. 이러한 유럽중심주의는 단순히 자기의 관점에서 다른 문화를 바라보는 자종족중심주의와는 명백히 다르다. 앞서 말했듯이 유럽중심주의가 발생한 결과로 구미 오리엔탈리즘이 나온 것이다.

1.2. 미서전쟁과 신제국주의의 오리엔탈리즘: 민주주의

미국은 공업자본주의 국가가 되면서부터 원료를 가져오고 상품을 팔 수 있는 시장이 나라 바깥에 필요하게 되었다. 특히 1850년대 이후 급속하게 성장하던 미국 자본주의는 상품 수출 시장의 획득이 매우 시급한 문제가 되었다. 1854년 페리 제독이 일본으로 가서 통상 조약을 맺은 것은 바로 이러한 미국의 절박함이 표출된 것이라 할 수 있다.7) 그런 점에서 미국이 필리핀과 쿠바를 손에 넣은 1898년은 미국 역사에서 전환점이었다.

미서전쟁 후에 스페인의 식민지였던 쿠바와 필리핀은 미국의 영향권 내에 들어가게 되었다. 미국은 필리핀과 쿠바의 독립운동을 지지하는 척하면서 자신의 영향권 내에 이들 나라를 편입시켰다. 쿠바에서는 군정을 행한 후 자신의 영향력을 행사할 수 있는 정부를 세우고는 철수하였다. 필리핀에서는 일정 기간 이후 독립을 시켜준다는 약속을 하고 자치 방식의 지배를 하였다. 미국이 직접 식민지를 지배하지 않고 자신의 영향권하에 두는 방식으로 제국주의를 행하는 방식은 스페인 등의 유럽 국가들이 행하였던 이전의 방식과는 분명 다르다. 유럽의 제국주의 국가들은 직접적으로 식민지를 경영하면서 총독부를 설치하였다. 이에 반해 미국은 총독부 같은 것은 두지 않고 제국주의적 영향력을 행사하였다. 그런 점에서 미국의 제국주의를 신제국주의라고 부를 수 있다.

미국은 스페인으로부터 이들 나라를 빼내어 자신의 영향권 내로 끌어들이면서 신제국주의를 행할 때 완강하게 민주주의를 내세웠다. 스페인의 학정에 시달리는 나라의 인민을 구하기 위하여 자신들이

---

7) Walter Lafeber, *The New Empire*(Cornell Universtity Press, 1998).

미국은 유럽 구제국주의의 일원이었던 스페인과의 전쟁에서 승리한 후 자신은 제국주의자가 아니라고 간주하였다. 쿠바와 필리핀을 스페인의 악정에서 구해내어 새롭게 민주주의를 가르치는 것으로 자신의 사명을 삼고, 이전의 문명화 사명 대신에 민주주의라는 복음을 전파하는 나라로 자신을 규정하였다. 그러기 위해서 직접 지배하는 방식보다는 군정을 실시하면서 자신에게 우호적인 정권 시스템을 만들고 이후 철수하는 길을 선택하였다.

개입한다고 공공연하게 말하면서 민주주의를 표방하였다. 앞서 구제국주의가 식민지를 점령할 때 내세운 문명화와는 일정한 거리가 있었다. 문명화와 민주주의 둘 다 교화에 바탕을 두고 있다는 점에서는 같지만 실제적으로 표방하는 가치에 있어서는 달랐다. 나중에 윌슨이 민족자결주의를 내세우면서 제1차 세계대전 해결을 구상할 때 한편으로는 유럽의 구제국주의 세력과 이해관계를 같이하면서도 일정한 거리를 두려고 하였던 것도 바로 신제국주의가 구제국주의와 다른 측면이라 할 수 있다.

미국이 유럽의 구제국주의 세력과 달리 민주주의를 내세운 데에는 여러 가지 이유가 있었다. 가장 우선적으로 생각할 수 있는 것은 후발 제국주의 국가로서 차별성을 내세우고 이를 제국주의의 정당성으로 삼으려고 하였던 점이다. 유럽 국가들이 이미 제국주의를 행하고 있는데 자신들이 여기에 가담하는 것은 보기에 흉한 것이기에 다른 명분이 필요하였던 것이다. 미국의 공업자본주의는 다른 나라에서 원자재를 수입하고 공업 상품을 팔아야 하는 제국주의의 일반적인 요구가 내적으로 강하게 제기되었고, 이를 미국 정부가 외면할 수 없는 상황이었다. 멕시코와의 전쟁에서 서부 아메리카 대륙을 점령하고 이후 일본을 비롯한 새로운 지역을 찾아 나섰던 것 역시 그러한 맥락에서 나온 것이지만 영국의 공업 생산을 추월하는 공업자본주의를 이룬 이 무렵의 미국으로서는 더는 버티기 어려운 수준에 다다랐다. 다른 나라의 수중에 있는 것이라 하더라도 자신의 영향권 내로 끌어들어야 하는데 구제국주의와 동일한 방식으로 하기에는 부담스러울 수밖에 없었다. 과거에 자신이 식민지였고 또한 미국 예외주의를 내세우면서 유럽 구제국주의와의 차별성을 이야기하였기에 다른 선택을 할 수밖에 없었던 것이다.

미국은 이미 먼로 독트린을 통하여 서반구에 대한 영향력을 행사할 것을 강력하게 표출한 바 있다. 이 지역에 더는 진출하지 말 것을 유럽에 주문하였던 터라 미국으로서는 라틴아메리카 지역을 자신의 영향권 내로 간주하였다. 1860년대 한때 프랑스가 멕시코에 관여하여 진출을 꾀한 바 있지만 미국의 간섭으로 뜻을 이루지 못하였을 정도로 서반구에 대한 미국의 의지는 매우 강하였다. 그런데 라틴아메리카 지역의 대부분의 나라들은 이미 식민지 상태에서 벗어나 독립한 상태였기 때문에 유럽 구제국주의의 지배지였던 아시아나 아프리카와는 역사적 조건이 매우 달랐다. 아시아나 아프리카 지역의 나라들 대부분은 독립을 하지 못하였지만 라틴아메리카 지역의 나라들은 스페인과의 전쟁으로 막 독립을 이룬 상태였다. 이제 막 독립한 나라들을 다시 식민지화한다는 것은 명분으로나 실질적으로나 쉽지 않은 것이다. 따라서 미국이 선택할 수 있는 방법은 식민지를 만드는 것이 아니라 독립국가를 유지하게 하면서도 자신의 영향력 내에 두는 것이었다. 그러기 위해서는 구제국주의와는 다른 신제국주의 독특한 방법이 필요하였다. 그것이 바로 무력으로 점령한 후 자신에게 우호적인 정부를 세우고 나서 철수하는 방식이었다. 이후 고문 등을 통하여 자신의 이해관계를 관철시키는 것이다. 필요하면 군대를 주둔시키기는 하지만 구제국주의처럼 총독을 두는 방식은 아니었다.[8]

구제국주의가 비서구 지역을 식민할 때는 항상 문명화를 명분으로 내걸었다. 미개한 사람들을 문명권으로 끌어들이기 위해서는 식민 통치가 필수불가결하다는 식으로 제국주의를 개척하였다. 그 과정에서 우월한 유럽과 열등한 비서구라는 위계가 작동하였고, 여기에서 오리엔탈리즘이 나왔다. 신제국주의를 택하였던 미국은 항상 민주주의를 명분으로 내걸었다. 민주주의를 확산하기 위하여 불가피하게 다른 나라에 군대를 보내어 점령한다는 것이다. 이 역시 우월한 미국과 열등한 비서구라는 위계가 작동하면서 오리엔탈리즘이 나오게 된 것이다. 미국의 오리엔탈리즘 또한 미국의 자본주의가 공업화 이후 제국주의로 전화하면서 발생한 이데올로기이다.

19세기말 이후 유럽과 미국의 제국주의는 문명화와 민주주의를 내세우면서 아시아를 비롯한 비서구 사회를 열등하게 바라보며 교화의 대상으로 간주하였다. 이로써 구미 오리엔탈리즘은 구조화되어 전 지구를 지배하게 된다.

---

8) 이러한 방식은 2003년의 이라크전쟁에까지 이어지면서 현재성을 갖고 있다. 오늘날의 세계를 제국주의에서 제국으로 넘어갔다고 보는 네그리의 이론은 구제국주의에서 신제국주의로 진화해왔던 제국주의의 역사적 속성을 깊이 고민하지 않은 데에서 나온 것 같다.

2. 구미 제국주의에 대한 대응과 아시아 오리엔탈리즘

2.1. 구미 공업혁명의 충격과 모방된 오리엔탈리즘

유럽의 공업혁명 이후 아시아 나라들은 급속하게 공업자본주의에 전면적으로 편입되면서 구미의 주변부로 전락하였다. 이전에도 유럽의 영향을 받지 않은 것은 아니지만, 자신들이 필요한 것은 받아들이고 그렇지 않은 것은 배제하는 방식으로 이루어지는 선별적인 방식이었다. 이러한 방식이 비단 이 무렵에 생성된 것은 아니다. 주변의 나라와 사회에서 필요한 것은 받아들이고 그렇지 않은 것은 배제하는 방식은 오래된 것으로, 이는 자종족중심주의와 표리관계를 이루었다. 유럽과 가장 가까운 위치에 있었기 때문에 일찍부터 유럽과 소통하였던 오스만튀르크는 15세기 이후 끊임없이 유럽과 거래를 가졌다. 대사를 파견할 정도로 관계가 긴밀하였기에 자신이 필요로 하는 것이 유럽에 있을 때는 언제든지 그것을 받아들여 자기화하였다. 하지만 오스만튀르크는 항상 자신이 세상의 중심이라는 자종족중심주의를 버리지 않았다. 유럽을 하나의 변방으로 보았기 때문에 아무런 열등감 없이 과감하게 자신이 필요한 것을 받아들였다.9) 중화제국 역시 마찬가지였다. 중화제국은 자신이 이 세상의 중심이라고 생각하였기에 주변 나라들에서 자신에게 도움이 되는 것들은 과감하게 받아들였다. 그렇게 하는 것이 오히려 자신의 중심성을 높이고 과시

---

9) Cemil Aydin, *The Politics of Anti-Westernism in Asia*(Columbia University Press, 2007).

하는 것이라고 생각하였기 때문이다. 마테오리치가 북경에 들어갈 때 황제의 허락을 받을 수 있었던 것은 시계라는 신기한 물건 때문이었다는 것은 널리 알려져 있다. 황제가 유럽의 시계를 신기하게 보고 이를 받아들였을 뿐만 아니라 시계 고치는 사람을 궁중으로 불러들인 것은 유럽의 문명을 흠모해서라기보다는 변방의 신기한 것을 중심에서 받아들이는 오래된 태도에서 나온 것이다. 인도 무굴제국도 마찬가지이다. 아크바르가 지배하던 무굴제국 시대의 인도를 여행했던 예수교 신부가 기록한 여행기를 보면 당시 인도인들은 유럽에 대해서 전혀 열등감을 가지고 있지 않았을뿐더러 낯선 지역의 관습과 전통을 신기하게 생각하였음을 알 수 있다.[10] 아크바르 황제가 서양 옷을 입어볼 정도로 다른 종교의 문화에 대해서 관대할 수 있었던 것도 무굴의 자종족중심주의에서 나온 것이라 할 수 있다.

하지만 증기선으로 대표되는 공업혁명을 목격하면서부터는 그러한 선별 방식이 통하지 않게 되었다. 구미의 삶을 가장 보편적인 것으로 간주하고 이를 '문명'으로 생각하게 되었다. 구미를 문명으로 생각하는 순간 자신들은 야만으로 떨어지게 되는 것이다. 야만의 상태에서 벗어나 문명으로 들어가기 위해서 벌이는 노력을 '문명개화'라고 부르게 되었다. 이제 자신이 세상의 중심이라는 자종족중심주의를 가질 수 없게 되었고, 현재의 야만 상태에서 벗어나 문명 단계로 진입하는 문명개화의 과제가 핵심적인 관심이 될 수밖에 없었다.

---

10) Michael H. Fisher, *Visions of Mughal India*(I.B.Tauris, 2007), 48쪽.

공업화 이후의 구미의 국민국가를 따라 배우는 것이 시대의 정신이 되어버렸다. 내셔널리즘은 이것의 정신적 표현이었고, 이는 모방된 오리엔탈리즘이었다.

모방된 오리엔탈리즘은 일본처럼 제국을 형성하지 못하였던 나라들에서 먼저 시작되었다. 중화제국이나 오스만튀르크 등은 큰 덩치로 인하여 새로운 환경에 쉽게 적응하지 못하였다. 또한 제국의 한 변방으로 있던 나라들 역시 자신들을 속국으로 생각하는 제국의 방해로 인하여 새로운 환경 속으로 나아가지 못하였다. 하지만 제국도 아니면서 제국과 일정한 거리가 있던 일본 같은 나라들은 과거로부터 벗어나 새로운 환경으로 나아가기가 상대적으로 쉬웠다. 1953년에 미국의 동인도함대 사령관 페리 제독이 일본에 왔고, 다음 해인 1854년에 일본과 미국 사이에 일미화친조약이 성립된 것은 일본이 새로운 환경에 일찍이 적응해나가려고 하였음을 보여주는 예이다. 1958년에 일미수호통상조약을 맺게 됨으로써 일본은 하나의 국민국가로서 일정한 불평등에도 불구하고 국민국가 체제에 진입하게 되었다. 이후 일본은 끊임없이 구미 국가를 배우려고 하였고, 이를 통해 보편으로서의 구미 문명을 얻으려고 노력하였다. 이러한 문명개화의 노력의 결정체가 바로 메이지유신이다. 문명개화의 노력은 나아가 주변 지역들을 문명화의 이름으로 침략하고 병합하는 것으로 이어졌다. 메이지유신 다음 해인 1869년에 아이누족이 살고 있던 에조치를 홋카이도로 개명하여 일본의 한 현으로 편입시킨 것은 모방된 오리엔탈리즘의 시작이라 할 수 있다. 이 사건에 대한 고모리 요이치의 설명은 매우 적절한 것으로, 모방된 오리엔탈리즘의 양상을 잘 보여준다.

> 메이지유신 이후의 일본에서 식민지적 무의식과 식민주의적 의식이 동시에 발동되는 모습이 여기에서 처음으로 나타났다. 즉, 서구 열강에 의해 식민지화될지도 모른다는 위기적인 상황에 뚜껑을 덮고 마치 자발적인 의지인 것처럼 '문명개화'라는 슬로건을 내걸고 서구 열강을 모방하는 것에 내재하는 자기 식민지화를 은폐하고 망각함으로써 식민지적 무의식이 구조화되는 것이다.[11]

일본이 이후 오키나와를 편입하고 타이완과 조선을 식민지화한 것은 바로 이러한 모방된 오리엔탈리즘의 결과였다. 시오니스트들이 팔레스타인을 점령하는 것도 이와 아주 비슷하다. 구미의 공업혁명 이후 아시아의 모방된 오리엔탈리즘은 개별 국가의 힘이 주변 나라들을 식민지화할 정도로 강력한 경우 식민지 개척으로 드러나지만 그렇지 않을 경우 개별 국민국가 내부에서 인종 탄압으로 드러나기도 한다. 독립 이후의 인도 등이 전형적이다.

2.2. 러일전쟁 이후의 동서문명론과 전도된 오리엔탈리즘

1905년의 러일전쟁은 아시아의 문학과 지성에 매우 중요한 의미

---

11) 고모리 요이치, 『포스트 콜로니얼』, 송태욱 옮김(삼인, 2002), 32쪽.

NATIONALISM

BY

Sir RABINDRANATH TAGORE

MACMILLAN AND CO., Limited
LONDON · BOMBAY · CALCUTTA · MADRAS
MELBOURNE

THE MACMILLAN COMPANY
NEW YORK · BOSTON · CHICAGO
DALLAS · SAN FRANCISCO

THE MACMILLAN CO. OF CANADA, Ltd
TORONTO

MACMILLAN AND CO., LIMITED
ST. MARTIN'S STREET, LONDON
1921

러일전쟁에서 백인의 일원이었던 러시아를 격파한 일본에 대해 인도 문인 타고르는 각별한 애정을 가졌다. 유럽의 식민지를 겪지 않았을 뿐만 아니라 이들의 침략을 물리친 일본이기에 유럽이 갖고 있는 문제점들을 넘어설 수 있는 대안을 가진 아시아의 귀중한 나라가 일본이라고 생각하고 노벨문학상을 수상한 후 일본을 방문하였다. 하지만 일본이 유럽의 내셔널리즘을 그대로 모방하면서 동시에 그 문제점들도 고스란히 반복하는 것을 목격하면서 내셔널리즘의 폐해를 실감하였다. 그는 내셔널리즘을 인류의 진전을 가로막는 막대한 장애물로 인식하여 이를 비판하고 대안을 모색하는 글을 남겼다. 이 책은 이 시기의 글을 모은 것으로, 생태 문제와 물신화 등 현대 유럽과 이를 본받은 아시아 사회가 공통적으로 겪는 사회 문제로 인하여 오늘날 새롭게 조명받고 있다.

를 갖는 세계사적 사건이었다. 19세기 전반 공업혁명의 확산으로 서구 바깥 세계, 특히 아시아는 심각한 타격을 받게 된다. 중국을 비롯한 아시아 지역의 나라들은 그동안 구미의 압박을 단순하게 통상을 위한 정도로 간주하였기에 유럽이 선망하는 상품들을 갖고 있는 자신들의 우월성을 확인하는 절차 정도로 생각하였다. 하지만 증기선의 형태로 진화한 군함에서 내뿜는 포연 앞에서 속수무책인 자신들을 보면서부터는 다른 세상이 도래하였음을 조금씩 감지하기 시작하였다. 이후 아시아인들은 유럽의 영향하에서 살 수밖에 없었고, '백인'의 유럽이 표방하는 모든 가치를 곧바로 보편성으로 인식하고 유럽적 보편성에 불과한 것을 인류적 보편성으로 간주하면서 이를 따라잡고자 하였다. 하지만 러일전쟁에서 '황색인'인 일본이 '백인'인 러시아를 제압하자 이전과는 다른 태도를 갖게 되었다. '백인'의 유럽 문명이 무조건 보편적 가치를 갖는 것은 아니라는 점을 느끼기 시작한 것이다.

당시 일본의 승리를 이러한 세계사적 전환으로 생각한 것은 아시아 전 지역에서 발견할 수 있다. 가장 유명한 예는 손문의 경우이다. 손문이 러일전쟁 직후 수에즈 운하를 건너 여행하고 있을 때 아랍인들이 그를 일본인으로 착각하여 열렬히 환영하였다고 한다. 손문은 일본 고베에서 한 연설에서 당시를 다음과 같이 회고하고 있다.

러일전쟁이 개시되던 그해 나는 유럽에 있었습니다. 어느 날 도

러일전쟁 이후 아시아인들은 자각과 긍지를 갖게 되었다. 손문, 네루 등 아시아의 지식인과 정치가들이 러일전쟁에서 일본이 승리한 것을 보면서 오랫동안 자신들을 겄눌렀던 구미의 압박과 긴박으로부터 벗어나게 되었다. 이후 아시아 전 지역에서 아시아부흥주의가 부상하게 되는데, 이는 표면적으로는 구미를 넘어선다고 하지간 실제적으로는 구미 오리엔탈리즘의 회로 내에 갇혀 있는 것이기도 하다. 러일전쟁에서 일본의 승리를 알리는 호외를 읽으면서 환호하는 일본인들의 내면에는 바로 전도된 오리엔탈리즘으로서의 반서방주의가 싹텄다.

고 대장이 러시아 해군을 크게 물리쳤습니다. 유럽에서 블라디보스토크로 가던 함대가 일본해에서 타도되어 전군이 몰살되었다는 애기를 들었는데 이 소식이 유럽에 전해지자 유럽 전체는 부모가 돌아가신 것처럼 슬퍼하였습니다. 영국은 비록 일본과 동맹을 맺고 있어서 이 소식을 접한 영국 인사들은 기뻐서 몸을 뒤흔들며 좋아했으나 대부분 결국에는 일본이 이렇게 큰 대승을 거둔 것이 백인의 행복이 아니라고 여겼습니다. 이것이 바로 영국말로 '피는 물보다 진하다'라는 생각입니다. 얼마 후 나는 유럽에서 배를 타고 아시아로 돌아왔는데 수에즈 운하를 지날 때 수많은 토착인이 나를 보러 왔습니다. 그들은 대개 아랍인이었는데 한눈에 내가 황색인임을 알아차리고 즉시 매우 반갑고 다급하게 나한테 와서 물었습니다. "당신은 일본인입니까 아닙니까?" 내가 대답했지요. "아닙니다. 나는 중국인입니다. 당신들에게 무슨 일이 있나요? 왜들 이렇게 즐거워하는 거지요?" 그들이 대답했습니다. "우리는 대단히 좋은 소식을 하나 접했는데 듣자 하니 일본이 러시아 함대를 섬멸했다는데 이 소식이 확실한 것인지 아닌지 혹시 모르십니까? 그뿐만 아니라 우리는 운하의 양안에 살고 있는데 러시아의 부상병들이 배편으로 줄줄이 돌아가는 것을 보았지요. 이것은 분명 러시아가 크게 패배한 상황을 말해줍니다. 전에 우리 동방 유색 민족은 꼼짝없이 서방 민족에 압박당하여 고통받고 고개를 쳐들고 살 수 있는 날이 없었는데 이번에 일본이 러시아를 격파한 것을 우리는 동방 민족이 서방 민족을 격파한 것으로 봅니다. 일본인의 승리를 우리 자신의 승리로 생각합니다. 이것은 마땅히 크게 기뻐해야 할 일이고 그래서 우리는 이렇게 기뻐하고 있는 것입니다." 이와 같은 식으로 본다면 일본이 러시아에 전승한 것은 아시아 전체 민족에게 영향을 미친 것 아닙니까?12)

　러일전쟁의 충격이 아랍까지 아시아 전 지역에 영향을 미쳤음을 단적으로 보여주는 사례라고 할 수 있다.

　비단 중국의 손문에 국한되지 않는다. 인도의 네루 역시 비슷한 경험을 하였다.

　　내가 영향을 받았다고 기억되는 또 하나의 중요한 사건은 러일
　　전쟁이었다. 나는 일본의 승리에 감격했고 매일 새로운 뉴스를 알
　　기 위해 신문을 기다렸다. 많은 돈을 들여 일본에 관한 책을 샀고
　　또 읽으려 했다. 일본의 역사에는 별 흥미가 없었지만 고대 일본의
　　사무라이 이야기나 라프카디오 헌의 즐거운 산문은 좋았다.13)

　네루는 영국으로부터 독립한 이후 1947년에 아시아대회를 직접 주도하여 개최한 바 있는데, 이 역시 이 무렵의 이러한 생각에서 싹튼 것이라고 할 수 있다. 이처럼 중국과 인도의 지식인과 정치인들은 러일전쟁에서 일본이 승리한 것을 계기로 일본과 아시아에 대해 깊은 관심을 갖게 되었다. 이러한 영향은 비단 아시아 내부에만 그치지 않았다. 아시아 바깥에서도 관심이 일어났는데 대표적인 경우가 당시 미국에서 흑인의 정체성을 주장하던 듀보이스이다. 듀보이

---

12) 손문, 「대아시아주의」, 『동아시아인의 동양 인식』, 최원식·백영서 엮음(문학과지성
　　사, 1997), 168~169쪽.
13) 자와하를랄 네루, 『네루 자서전』, 정민걸·김정수 옮김(간디서원, 2005), 61쪽.

스는 러일전쟁이 세계사적 사건이라고 규정하면서 '백인'의 주술이 깨어졌다고 말하였다. 또한 인종의 벽을 넘어서는 일대 사건이라고 평가하였다.[14]

러일전쟁 이후 아시아에서는 동서문명론이 확산되기 시작하였다. 19세기 중반 공업화 이후 구미 오리엔탈리즘은 동서문명론과는 거리가 멀었다. 구미 오리엔탈리즘은 구미만이 문명을 가지고 있고 그 외 지역은 문명화를 시켜야 할 대상이라고 믿는 태도이다. 이에 반해 동서문명론은 아시아에 대한 자긍심을 기초로 동서의 차이를 강조하는 태도이다. 동은 정신적이고 서는 물질적이라고 규정하는 것을 비롯하여 다양한 동서문명론이 있지만 동을 선으로 서를 악으로 규정하는 점은 한결같았다. 러일전쟁 이후 아시아에 대한 자각이 일어나면서 동서 문명의 차이에 대해 주목하기 시작하였다. 실제로 구미 제국주의에 억압당하던 시절부터 아시아인들은 어느 정도 서구 문명에 대한 의구심을 가졌다. 특히 1880년대 이후 아프리카 대륙을 서구 열강들이 나누어 점령하는 것을 보면서 서구 문명에 대한 의구심이 더욱 강하게 들기 시작하였다. 이전에는 공업화가 만들어낸 문명적 제도와 문물이 주는 충격으로 인하여 어떤 의구심도 가질 수 없었던 반면, 제국주의 열강이 아프리카 대륙을 나누어 가지는 것을 목격하면서부터는 일방적으로 기대를 가질 수만은 없었던 것이다.

---

14) W.E.B. Du Bois, *W.E.B. DU BOIS on Asia*, Bill V. Mullen and Cathryn Watson 엮음 (University Press of Mississippi, 2005), 34쪽.

하지만 구미를 넘어설 만한 자신들의 능력에 대해서는 어떤 자긍심
도 가질 수 없었다. 그런데 아시아의 일원인 일본이 서구의 일원인
러시아를 격파한 사건은 서구에 대한 의구심을 넘어서 아시아에 대
한 자긍심을 가지는 결정적 계기가 되었다. 이는 나아가 아시아의
가치를 재발견하고 이를 보편적인 것으로 만들어나가려는 노력으로
이어지는데, 여기에서 전도된 오리엔탈리즘이 발생한다. 이들은 과
거에는 구미를 모방 대상으로 보았지만 이제는 척결해야 할 대상으
로 보고 반-서방주의를 내세우게 된다.

제 3 장

논의의 출발점으로서의 현대 한국문학

세계문학으로서의 아시아문학을 논하면서 논의의 출발점을 1905년~1910년 시기의 한국문학으로 삼고자 한다. 이 시기의 한국문학은 앞서 논한 구미 오리엔탈리즘과 아시아 오리엔탈리즘을 둘러싸고 열띤 논쟁이 벌어졌던 시기이기 때문이다. 특히 한국은 구미 제국주의의 압력을 받았을 뿐만 아니라 아시아 국가로서 제국주의로 전화한 일본의 식민지로 전락하고 있는 상태였기에 아시아 국가 중에서 가장 첨예하게 이 문제에 대해 논쟁하였다. 이 논의들 중에서 가장 날카로운 문제의식을 갖고 있었던 이는 단연 신채호이다. 신채호는 당시 구미와 일본의 제국주의를 강하게 비판하면서도 동시에 동양주의라는 반서방주의가 해방이 아닌 억압의 이데올로기일 수 있음을 간파한 보기 드문 지식인이다.

우선 구미 제국주의와 이의 모방으로서의 내셔널리즘에 대한 신채호의 비판을 보자. 신채호는 당시 많은 지식인들이 부국강병을 위해 구미를 추종하던 것과 달리 구미 제국주의를 강하게 비판하였다. 그런데 흥미로운 것은 그가 제국주의를 비판하면서 그 대안으로 내세운 것이 내셔널리즘(국민주의)이 아니라 민족주의였다는 점이다. 구미 제국주의의 지배하에 있던 대부분의 아시아 나라들의 지식인들이 내셔널리즘을 저항의 대안으로 내세웠던 것과 달리 신채호는 민족주의를 내세웠다. 당시 신채호의 논의를 살펴보면 그의 고민과 사유가 그렇게 간단치 않음을 알 수 있다.

신채호가 민족주의라는 어휘를 내셔널리즘의 번역어 정도로 사용하였다면 이 시기 다른 아시아의 지식인들과 큰 차이를 갖기는 어려울 것이다. 당시 일본과 중국을 통해 들어온 네이션과 내셔널리즘을 어떻게 옮길 것인가는 매우 예민한 문제였다. 단순히 어감의 문제가 아니고 당대 제국주의 세계의 현실을 어떻게 볼 것인가 하는 세계관이 걸려 있는 문제였던 것이다. 흥미로운 것은 신채호는 네이션과 내셔널리즘의 번역어로는 당시 조선의 지식인들이 사용하고 있는 국민과 국민주의라고 생각하였고, 자신이 사용하고 있는 민족과 민족주의는 국민과 국민주의와는 다르다는 것을 의식하면서 사용했다는 점이다.

우선 제국주의와 이에 대한 비판으로 그가 사용하고 있는 민족주의부터 살펴보자.

풍운이 나는 듯 홍수가 끓는 듯 벽력이 뒤놉는 듯 조수가 몰리는 듯 불이 타는 듯한 이십세기 제국주의(영토와 국권을 확장하는 주의)여. 신성한 미국 먼로 대통령의 주의(내가 다른 사람을 간섭지 아니하고 다른 사람도 나를 간섭치 못하는 주의)가 백기를 한번 세운 뒤로 동서 대륙에 소위 육대 강국이니 팔대 강국이니 하는 열강이 모두 열성으로 이 제국주의를 숭배하여 모두 서로 다투어 이 제국주의에 굴복하여 세계 무대가 활발한 제국주의를 불우윗도다. 그러한즉 이 제국주의를 저항하는 방법은 무엇인가 가로대 민족주의(다른 민존의 간섭을 받지 않는 주의)를 분발할 뿐 아니라 이 민족주의는 실토 민족을 보전하는 방법이라. 이 민족주의가 강건하면 나파륜 같은 큰 영웅으로도 아라사 경도에서 대패하여 도망함을 겨를치 못하였으며 민족주의가 박약하면 아날비 같은 큰 호걸도 세일론의 외로운 섬 중에서 망국의 한을 품고 죽었으니 오호라 민족을 보전코저 하는 자는 이 민족주의를 숭상치 아니하고 무엇을 하리오. 이런고로 딘족주의가 성하여 웅장한 빛을 나타내면 맹렬하고 포악한 제국주의라도 감히 침로치 못하나니 원래 제국주의는 민족주의가 박약한 나라만 침로하나니라. 금수 같고 꽃 같은 한반도가 오늘날에 이르러 캄캄하고 침침한 마귀 굴속에 떨어짐은 무슨 연고인가 곧 한국사람의 민족주의가 어둔 까닭이라. 바라노니 한국 동포들은 민족주의를 크게 분발하여 우리 민족의 나라는 우리가 주장한다 하는 말을 뇌수에 새기며 우리 민족이 아니면 우리를 반드시 해롭게 한다 하는 귀결로 몸을 호위하는 부장을 삼아 민족을 보전할지어다.15)

신채호가 당시 흔하게 사용되기 시작하던 국민과 국민주의라는 어

15) 『대한머일신보』, 1909년 5월 28일.

휘를 두고 굳이 민족과 민족주의를 사용한 것에는 나름대로 이유가 있었다. 국민주의라는 것은 내셔널리즘을 그대로 번역한 것이고, 이 내셔널리즘은 사실 제국주의와 동전의 양면과 같은 것이기 때문이다. 제국주의에 저항하려고 하는데 제국주의의 이데올로기인 내셔널리즘으로 한다는 것은 앞뒤가 맞지 않는다는 것을 신채호는 잘 알고 있었다.

> 근대의 국제적 경쟁은 개인의 생존경쟁을 모 정도까지 제한하여 차에 대하여 국민주의를 장려 진작하매 수내 일변하여 제국주의에 의하여 각국이 호상 기 세력을 경함에 지한 바라. 앙 19세기의 국가적 발동이 국민주의의 지도에 의한 사실은 심히 彰明較著한 바라. 연이 국민주의가 발전하여 제국주의가 된 현금에는 국가의 행동은 자연 제국주의에 의하여 지도되는지라 민정조직의 국가까지 제국주의하에 相率拜跪함에 지하니 기 결과로 제반 내정에 지하여도 제국주의의 영향을 수하여 개인의 자유를 기초로 한 입헌정치는 점차 전제정치에 침식되는 상태를 呈出하는 동시에 피 군국주의 과두정치 관료정치 보호정책 자본집중자 등은 제국주의의 협찬자 되는지라.16)

위의 글은 변영만이 제국주의에 대하여 1908년에 편역한 책의 한 대목이다. 국민주의가 결국 제국주의로 전화했다고 보고 있을 정도로 당시 국민주의라는 것은 내셔널리즘의 번역어로 사용되었으며 또

---

16) 『변영만 전집 하』(성균관대학교 출판부, 2006), 71쪽.

한 내셔널리즘은 제국주의와 같은 것임을 당시 지식인, 특히 『대한매일신보』 계열의 지식인들은 알고 있었다는 것을 알 수 있다. 그렇기 때문에 신채호는 국민 대신에 민족을, 국민주의 대신에 민족주의를 제국주의에 저항하는 방법으로 내세웠던 것이다.

국민과 국민주의, 민족과 민족주의의 구분은 당시 『대한매일신보』 계열의 지식인들 내에서는 공통적으로 인식하고 있었던 것처럼 보인다. 『대한매일신보』는 국민과 민족을 구분하는 논설을 낼 정도였다.

국민이라는 명목이 민족 두 글자와는 구별이 있거늘 이제 사람들이 흔히 이것을 혼합하여 말하니 이는 옳지 아니함이 심하도다. 고로 이제 이것을 약간 변론하노라. 민족이란 것은 다만 같은 자손에 매인 자이며 같은 지방에 사는 자이며 같은 역사를 가진 자이며 같은 말을 쓰는 자 곧 민족이라 칭하는 바이어니와 국민이라는 것을 이와 같이 해석하면 불가한지라. 대저 한 조상과 역사와 거지와 종교와 언어의 같은 것이 국민은 근본은 아닌 것이 아니언마는 다만 이것이 같다 하여 문득 국민이라 할 수 없으니 비유하면 근골과 맥락이 진실로 동물되는 근본이라 할지나 허다히 버려 있는 근골 맥락을 한 곳에 모아 놓고 이것을 생기 있는 동물이라고 억지로 말할 수 없는 것과 같이 저 별과 같이 헤어져 있고 모래같이 모여 있는 민족을 가리켜 국민이라 함이 어찌 가하리오. 국민이란 자는 그 조상과 역사와 거지와 종교와 언어가 같은 외에 또 반드시 같은 정신을 가지며 같은 이해를 취하며 같은 행동을 지어서 그 내부에 조직됨이 한 몸에 근골과 같으며 밖에 대한 정신은 한 영문에 군대 같이 하여야 이것을 국민이라 하나니라.[17]

국민과 민족을 구분하지 않고 함부로 사용하는 것을 경계하면서 『대한매일신보』 계열의 지식인들이 국민을 네이션의 번역으로 보고 민족을 이와는 다른 것으로 바라보는 태도를 감안할 때 당시 이 계열의 지식인들은 내셔널리즘과 제국주의가 동전의 양면임을 이해한 상태에서 민족주의란 말을 사용했음을 알 수 있다.

신채호 역시 국민주의가 아니라 민족주의를 내세웠다는 것은 내셔널리즘이 구미 제국주의의 파생물이라는 점을 너무나 잘 알고 있었음을 의미한다. 따라서 제국주의에 맞서서 싸울 때 국민주의를 내세우는 것은 궁극적으로 구미 제국주의를 반복하는 일에 지나지 않는다는 것을 잘 알고 있는 것이다. 그렇기 때문에 국민주의가 아닌 민족주의로 제국주의에 저항하여야 한다고 믿었던 것이다. 이후 신채호의 역정이 보여주는 것처럼, 이러한 민족주의를 탐구하였기에 아나키즘에 이르게 된 것이다. 국민주의를 선택하였다면 아나키즘으로 가는 것은 불가능한 일이었을 것이다. 내셔널러리즘으로서의 국민주의를 선택하는 것이 모방된 오리엔탈리즘에 지나지 않는다고 보고 민족주의를 선택한 것은 매우 중요한 일임에 틀림없다.[18]

다음으로는 동양주의라는 반서방주의에 대한 신채호의 비판을 보자. 신채호를 비롯한 『대한매일신보』 계열의 지식인들은 비단 모방된 오리엔탈리즘으로서의 내셔널리즘에 대해서만 비판한 것이 아니

---

17) 『대한매일신보』, 1908년 7월 30일.
18) 이후 신채호가 민족주의를 극복하는 과정에 대해서는 필자의 글 「비민족주의적 반식민주의자로서의 신채호」, 『근대계몽기 문학의 재인식』(소명출판, 2007)를 참고.

라 전도된 오리엔탈리즘으로서 반서방주의 즉 동양주의에 대해서도 날카로운 비판을 행하고 있어 주목을 요한다. 러일전쟁은 한국에도 큰 영향을 주어 동양담론의 분출을 야기한 획기적인 사건이었다. 서세동점 시대에 아시아의 대표인 일본이 유럽의 일원이라고 할 수 있는 러시아를 이겼다는 것은 비단 일본에 국한된 것이 아니라 아시아 전 지역 그리고 한국에도 큰 충격을 주었다. 그렇기 때문에 한국에서도 보호국 조치만 일어나지 않았더라면 다른 아시아 국가들과 마찬가지로 동양과 아시아에 대한 적극적인 관심이 왜곡되지 않고 자연스럽게 일어났을 가능성이 높았을 것이다. 하지만 러일전쟁으로 촉발된 동양에 대한 관심이 보호국 조치를 계기로 하여 양극화의 길을 걷기 시작하였다.

1908년 12월 17일 『대한매일신보』에 실린 다음 기사는 당시의 동양담론의 양극화를 보여주는 흥미로운 글이다.

근래 수년 이래로 더욱 전국에 퍼져서 허다한 큰 단체들이 기꺼이 동양주의를 가지고 다투어 일어나는데 작일에 동아개진교육회가 일어나고 금일에 동양실업장려회의가 일어나며 작일에 동양용달회사가 일어나고 금일에 동양애국부인회가 또 일어나서 저기서는 동양삼국을 일국으로 보고 여기서는 한일 양국을 일국으로 보아서 교육을 주장하는 자가 이 삼국 혹 양국의 실업을 담임하니 밖으로 보면 비록 아름다우나 그 이허는 실상 참혹하도다. 저희들이 이 삼국 양국을 이같이 일국으로 보아서 은혜와 원수를 다 잊어버려

영화와 욕됨을 불계하고 일개 무장고사의 나라를 만들고자 하니 이 동양주의가 오래 성하면 한국의 생명이 영영 끊어지리로다. 저 가장 가소로운 자는 동양애국의 네 글자로 이름을 지은 자니 동양애국이라 함은 한국을 사랑함인가 청국을 사랑함인가 일본을 사랑함인가 혹 동양제국을 함께 사랑함인가. 오호라 열녀는 한 지아비를 좇고 의사는 한 나라를 사랑하나니 기생의 면목을 가지고 허다한 나라를 사랑하는 회여 근일에 또 한일정당회가 생긴다 하니 기기괴괴한 마귀배가 어찌 그리 많은가. 한국은 한국 정치가 주재하며 일본은 일본 정치가 주재하거늘 정당이 합하면 이는 정치를 합함이요 정치를 합하면 이는 양국을 합함이니 지금 한국이 국가가 아직 있다고 할 수는 없을지라도 한국 신민된 자가 이것을 부지하기는 생각지 아니하고 저와 합병하기만 재촉하니 이것도 또한 한국사람인가. 가로대 이름은 한인이라도 마음은 일인이니라. 가로대 그런즉 저 일인들의 창론하는 동양협회와 동양척식회사들도 또한 동양주의가 아닌가. 가로대 일인의 동양이라 함은 국가를 확장하여 동양을 합병할 뜻을 포함함이어니와 한인의 동양이라 함은 동양을 주장하여 국가를 소멸코자 함이니라.[19]

동양담론이 언제부터 이루어졌는지는 정확히 밝히고 있지 않지만 그렇게 오래된 것이 아님은 이 글에서 분명하게 읽을 수 있다. '수년전'이라고 한 것은 아마도 러일전쟁 이후를 말하는 것이 아닌가 생각한다. 이 무렵부터 동양을 표방하는 많은 모임들이 속출하고 있다고 말한 것을 보면 분명 동양담론은 러일전쟁을 전후한 시기임에 틀

---

19) 『대한매일신보』, 1908년 12월 17일.

림없다. 이러한 추세가 비단 정치나 지식인 사회뿐만 아니라 대중들에게도 미치고 있음도 확인할 수 있다. 이 글에서 놓쳐서 안 될 것은 동양담론의 양극화이다. 한편에서는 동양담론에 심취하여 동양이란 말을 유행처럼 사용하는 풍조가 일어나는 반면, 다른 한편에서는 이러한 무분별한 동양담론이 결국은 일본의 제국주의적 확장을 위한 것에 불과하기 때문에 조선인들이 동양을 이야기하는 것은 궁극적으로 제국주의에 봉사하는 것이라고 비판하고 있다는 점이다. 이러한 양극화는 우리 근대문학사에서 동양담론이 양극화의 과정을 거치면서 굴절되고 있음을 잘 말해주고 있다.

동양담론의 양극화라고 부를 수 있는 보호국 시기의 지식인의 상반된 태도를 이해하기 위해서는 앞서 인용한 『대한매일신보』에 실린 신채호의 글만으로는 부족하다. 당시 동양담론을 주도하고 있던 양극화의 다른 세력이 동양에 대해서 어떤 태도를 지니며 또한 어떤 논리로 대중들을 설득시키려고 했는가 하는 점에 대한 상세한 규명이 전제되어야 할 것이다. 당시 동양담론 지지자 측은 두 집단이다. 하나는 최영년의 『국민신보』이고, 다른 하나는 이인직의 『대한신문』이다. 전자는 일진회의 기관지이고, 후자는 내각의 기관지였다. 이 두 그룹은 동양담론을 지지하였기 때문에 동양담론을 비판하던 신채호의 『대한매일신보』와 극심하게 대립하였다. 보호국 시기 동양담론의 지형도를 밝히기 위해서는 신채호의 『대한매일신보』 즉 동양담론 비판자를 한편으로 하고, 최영년의 『국민신보』와 이인직의 『대한

신문』 즉 동양담론 지지자를 다른 한편으로 하는 대립과 그 내적 논리를 밝힐 필요가 있다.

동양담론에 대한 세 그룹의 입장 차이는 보호국 조치가 취해지는 1905년 11월 이후에 이르러서 어느 정도 드러나기 시작하였다. 하지만 이들 사이의 입장이 가장 첨예하게 드러나는 것은 일본 제국이 '한국병합' 정책을 정식으로 수립한 1909년 7월과 연이어 벌어진 이토 히로부미 암살 사건 무렵이다. 특히 안중근의 이토 히로부미 암살 사건을 계기로 일진회가 합방청원운동을 벌이기 시작하면서 예각화되었다.

보호국 조치가 내려졌을 때부터 합방이 오히려 낫다고 생각하였던 최영년의 『국민신보』 그룹은 이토 히로부미 암살 사건을 계기로 자신의 속내를 공개적으로 드러내고 대중운동을 펼쳐나갔다. 이들의 생각에 의하면, 일본이 엄청난 비용을 들여가면서 조선의 독립을 얻어주기 위하여 청나라와 러시아와 전쟁을 치렀다는 것이다. 청나라로부터 독립을 쟁취하여주고 서양 러시아가 조선을 침략하려는 것을 막아주었던 것은 모두 조선의 독립과 동양평화를 위한 것이라는 것이다. 하지만 그 많은 시간에도 불구하고 조선이 스스로 개혁에 실패하여 자주성을 찾지 못하고 계속 허우적거리는 것을 더는 지켜볼 수 없다는 것이다. 만약 이러한 조선을 그대로 내버려둘 경우 서양 세력이 계속하여 조선을 탐내어 침탈하려는 기도를 멈추지 않을 것이며, 그럴 경우 조선이 계속하여 동양평화를 허무는 화근으로 작용할 것이기 때문에 차제에 일본의 우산 밑에 들어가 생존하는 것이 조선의 민중뿐만 아니라 동양평화에 이바지하는 것이라고 강조하였다. 최영년의 『국민신보』는 일진회의 기관지인만큼 일진회의 합방운동을 상세하게 거의 그대로 보도하고 있다. 1909년 12월 5일자 『국민신보』에서는 정합방에 대한 일진회의 성명서가 그대로 실려 있어 당시 동양담론에 대한 태도를 읽을 수 있다. 이들은 시종일관 보호국을 비판하였던 신채호의 『대한매일신보』는 물론이고 이인직의 『대한신문』에 대해서도 비판을 가하였다.

보호국 조치가 내려졌을 때부터 이를 환영하였던 이인직은 최영년의 『국민신보』가 정합방을 지지하자 이에 대해 가차 없는 비판을 가하였다. 흔히 이를 합방의 공을 빼앗긴 것에 대한 분노의 표현이라고 해석하는데 필자는 동의하지 않는다. 이인직은 보호국 상태를 활용하여 자강함으로써 국권을 회복할 수 있다고 보았다. 합방이 아닌 보호국 상태에 놓인 것이 국제정세를 고려할 때 오히려 다행이라고 생각하건서 보호국을 활용하는 논리를 세웠던 것이다. 자칫 배일의 기운이 높아질 때 야마카타와 같은 일본 군부의 급진적 합방론자들을 자극하여 합방을 초래할 수 있다고 보았기에 이토와 같은 현상유지파를 방파제로 삼아야 한다고 생각하였고, 이를 위해서는 이토를 옹호해야 한다고 주장하였다. 1905년 보호국이 되었을 때 이인직은 의병을 반대하고 국채보상운동을 옹호하였는데, 이는 그러한 논리적 구도 속에서 나올 수 있었던 것이다. 그는 의병들의 활동은 결국 약소국의 피해만을 양산한다고 비판하였다. 하지만 국채보상운동과 같이 배일을 하지 않으면서도 자강을 할 수 있는 방법에 대해서는 적극적이었다. 그렇기 때문에 『만세보』에서 그렇게 열심히 국채보상운동을 할 수 있었던 것이다. 의병은 반대하고 국채보상운동은 옹호하는 그의 논리에서 보호독립론의 명확한 표현을 얻을 수 있었다. 1907년 정미 7조약 이후에도 이인직은 이러한 전망 속에서 자신의 생각을 펼쳐나갔다. 특히 일진회의 합방청원운동에 이르러서는 그러한 태도가 한층 분명하게 드러났다. 일진회의 합방청원운동에 반대하여 조직한 국민대연설회에서 행한 연설 「마음의 심득」은 이러한 그의 입장을 가장 잘 보여주는 것이라 할 수 있다.

우리 국민은 일진회를 정당으로 認許치 아니하오. 然而 금일에 여차한 소요가 일어남은 皆 안중근의 사변을 因함이라. 안중근의 사변으로 言하건대 안중근은 아국에 큰 죄인이라. 伊藤 太師가 사람은 일본사람이나 然이는 아국 태자태사이라 아황제폐하께서 황태자 전하 교육을 위하여 이등공으로 아국 태자태사의 작을 봉하시고 황족 친왕의 與하였으니 즉 아국 태자태사 친왕전하이라 然則 아국 태자태사 친왕전하께 가해한 안중근은 我國家에 죄인이라 然而 근일 소위 사죄단이 有하여 渡日 사죄하려는 협잡배가 유하다 하니마는 안중근을 대표하여 죄를 사할진대 아국에 謝함이 可할 뿐이라. 폐일언하고 일진회는 즉 제2 안중근이오 사죄단은 제3안중근이라 何者오. 안중근은 아국 태자태사 이등공에게 가해한 아국 죄인이오 일진회는 이등공 遭變함을 時機로 認하여 소위 정치 변동의 운동의

협잡이 不一하니 고로 왈 제2의 안중근이오 사죄단도 또한 아국 태
자태사 조변한 機를 乘하여 자칭 사죄단원이라 제반 협잡이 유하니
고로 왈 제3안중근이라. 우리 국민은 당당한 국민 자격으로 彼 협
잡배들을 크게 성토함이 가하오.[20)]

이인직은 일진회의 합방론과 안중근의 행동 모두를 비판하였다.
안중근의 저격을 비판한 것은 이러한 행위는 결국 이토와 같은 현상
유지파들의 입지를 무화시킴으로써 결국 급진적 합방론자의 의도를
강화시키는 결과만을 초래한다고 보았기 때문이다. 그가 그토록 경
계하였던 패일의 경거망동을 안중근이 행하였다고 본 것이다. 동시
에 합방론을 주장한 일진회를 비판한 것은 그가 평소 주장한 자강에
배치되기 때문이다. 보호국을 이용하여 자강을 이루어야 하는데 이
렇게 합방을 주장하게 되면 독립이 영원히 불가능해진다고 본 것이
다. 한일합방은 반대하면서 안중근을 비판하는 것은 이러한 논리 속
에서 나온 것이며, 이는 이 무렵에 이르러 갑자기 나온 것이 아니라
보호국 성립 이후에 계속하여 견지해오던 논리의 연장선상에 나온
것이다. 그가 생각하는 독립이란 일본을 중심으로 조선과 만주가 하
나의 연방을 이루는 것이다. 『혈의 누』에서 작가 이인직이 "구씨의
목적은 공부를 힘써하여 귀국한 뒤에 우리나라를 독일국과 같이 연
방도로 삼으되 일본과 만주를 한데 합하여 문명한 강국을 만들고자
하는 비스맥 같은 마음이오"[21)]라고 한 것은 바로 이인직 자신의 목

20)『대한신문』, 1909년 12월 7일.

소리이기도 한 것이다. 그런 점에서 이인직의 『대한신문』의 동양담론은 분명 최영년의 『국민신보』와는 부분적으로 다른 것이고, 또한 동양담론을 비판한 신채호의 『대한매일신보』와도 전적으로 다른 것이라고 할 수 있다.

일진회 및 최영년의 『국민신보』 그리고 이완용 내각 및 이인직의 『대한신문』이 그 차이에도 불구하고 동양담론 지지자인 반면, 신채호의 『대한매일신보』는 동양담론에 대해서 대단히 비판적이었다. 최영년과 이인직이 각각 『국민신보』와 『대한신문』을 통하여 자신들의 동양담론을 펼치는 것을 신채호의 『대한매일신보』는 지나칠 수 없었다. 일본제국의 합방정책이 공식적으로 결정된 직후인 1909년 8월 8~10일 『대한매일신보』에 발표한 「동양주의에 대한 비판」의 일절은 신채호와 『대한매일신보』 계열의 지식인이 당시 동양담론의 지형을 정확히 파악하고 있었다는 것을 보여준다.

이제 동양주의를 창론하는 자를 볼진대 동양은 주인이 되고 국가가 객이 되어 나라의 흥하고 망하는 것은 하늘 밖에 부치고 오직 동양을 보전코저 하나니 오호라 어찌 그리 심히 우미(愚迷)하뇨 그런즉 한국이 영영 망하며 한국민족이 영영 멸종이 되어도 다만 이 나라 땅이 황인종에게로만 돌아가면 이것이 좋다할까 오호라 불가하니라 어떤 자는 또 말하기를 저 동양주의를 창론하는 자도 진개(眞個) 동양을 위함이 아니라 다만 이 주의를 이용하여 국가를 구원

---

21) 이인직, 『혈의 누』(광학서포, 1908), 85~86쪽.

코저 함이라 하나니 우리는 묻건대 한국인이 동양주의를 이용하여 국가를 구원하는 자는 없고 외국사람이 동양주의를 이용하여 나라 사랑하는 정신을 빼앗는 자는 있나니 경계하며 삼갈지어다.

전자 즉 자기 나라의 운명은 관심 없고 오로지 동양의 보전만이 중요하다고 생각하는 쪽은 바로 최영년의 『국민신보』이고, 후자 즉 동양주의를 이용하여 자기 나라를 구원하고자 하는 것은 이인직의 『대한신문』을 가리키는 것이다. 신채호는 동양담론 지지자들 사이의 차이를 간과하지 않으면서도 이들이 공통적으로 갖고 있는 식민주의적 경사를 정확하게 비판하고 있다. 보호국 시기의 동양담론은 위에서 본 것처럼 양극화에 기초하고 있다. 최영년의 『국민신보』와 이인직의 『대한신문』으로 대표되는 동양담론 지지와 신채호의 『대한매일신보』를 대표로 하는 동양담론 비판으로 나누어져 대립하였던 것이다.

신채호를 비롯한 『대한매일신보』 계열의 지식인들은 동양주의라는 것이 구미 제국주의에 대한 대응으로 나온 것이지만 어디까지나 전도된 오리엔탈리즘에 불과하다는 것을 일본 제국주의의 억압 속에 있던 조선의 사정을 들어 적절하게 설명하고 있는 것이다.

1905년~1910년 시기 한국의 문학장과 담론장에서 펼쳐진 논의를 통하여 모방된 오리엔탈리즘으로서의 내셔널리즘과 전도된 오리엔탈리즘으로서의 동양주의 즉 반서방주의가 지식인들의 관심을 사로잡았으며 또한 이것을 극복하기 위한 지적 노력이 지대하였음을 알 수 있다. 이것은 비단 한국뿐만 아니라 식민지를 겪은 아시아의 모든 나라에 해당되는 것이다. 이러한 논의들이 한 나라에 국한되지 않고 아시아 전체에 걸쳐 이루어졌다는 점에서, 또한 19세기 중반 이후 구미에서 시작된 공업화와 제국주의의 문제점을 극복하려고 하는 차원에서 제기되었다는 점에서 세계문학적 의미를 확보할 수 있을 것이다.

러일전쟁 이후부터 일제강점기까지의 한국은 구미 오리엔탈리즘과 아시아 오리엔탈리즘이 교차하던 복잡한 시기이다. 구미 제국주의의 위협과 이를 막는다는 미명하에 한국을 침략하려고 하는 일본의 침탈을 동시에 겪기에 이 시기 아시아의 다른 지역에서 발견할 수 없는 사상적 역동성을 갖게 된다. 신채호와 『대한매일신보』 계열 지식인들의 사상적 고투는 이 시기 아시아의 사유에서 쉽게 찾기 힘든 힘과 깊이를 갖고 있었다. 내셔널리즘의 모방인 국민주의와는 근본적으로 다른 민족주의를 내세우는 것이라든가, 구미 제국주의에 대한 저항으로 나온 동양주의의 유행을 자기 문제를 잊어버린 섣부른 유행의 행태로 비판하는 것 등에서 향후 아시아의 문학인과 지식인들이 겪는 문제를 읽게 된다.

Global w

제 1 부

남아시아

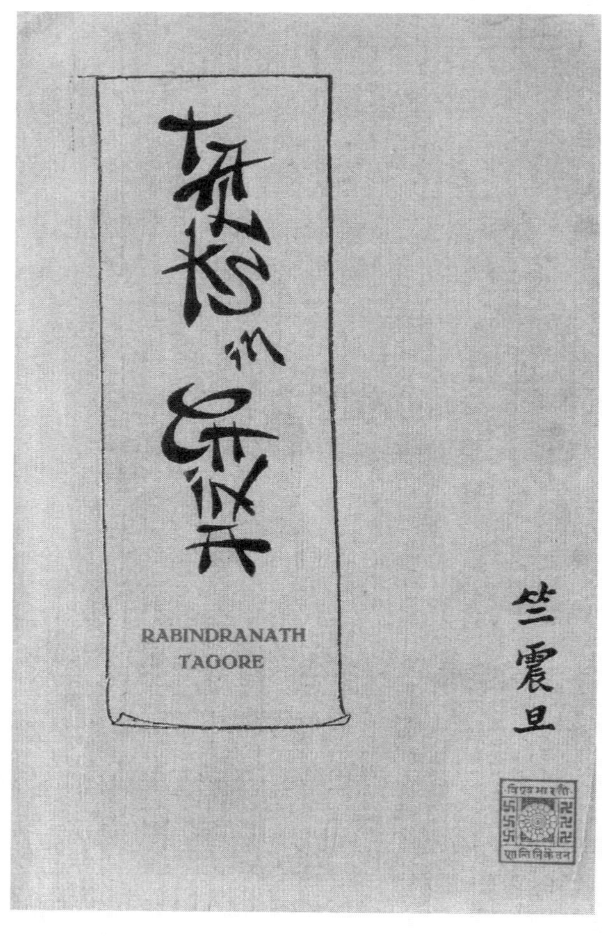

타고르는 아시아의 연대에 각별한 관심을 갖고 일본, 중국 등지를 여행하고 강연을 하였으며 동지들을 만났다. 양계초의 초청으로 방문한 중국에서 여러 차례 강연을 하였고 인도로 돌아온 후 강연 원고를 모아 책을 낸 것이 바로 이것인데, 중국에 대한 그의 애정을 확인할 수 있다. 타고르는 무력으로 아시아를 점령한 유럽과 달리 불교라는 사상을 통하여 인도와 중국이 서로 소통하였던 것을 그리워하였다.

제1장

라빈드라나트 타고르

1. 구미 제국주의 비판과 아시아의 연대

타고르는 러일전쟁 이후 확산된 동서문명론에 큰 자극을 받아 독특한 반제국주의론을 형성하였다. 영국의 인도 침략 이후 현실과 부닥치면서 문제의식을 가졌지만 체계적인 논의로 이어지지는 못하였다. 벵골 분할 문제로 일어난 인도의 반식민주의적 민족주의를 계기로 영국을 비롯한 서양의 제국주의에 대한 심화된 문제의식을 가지게 되었다. 또한 아프리카 대륙을 놓고 서구 열강들이 벌이는 싸움을 보면서 서양의 공업화와 제국주의가 얼마나 심각한 문제점을 가지고 있는지를 깨닫게 되었다.

하지만 아시아의 가치라든가 아시아의 자각과 같은 것에는 이르지 못하였다. 러일전쟁 이후 일본이 승리하는 것을 보면서 인도만이 아니라 아시아 전반에 대해 긍지를 느낄 수 있었으며, 서양과 다른 동양의 가치를 자각하게 되었다. 그가 1916년에 일본을 처음 방문하고 큰 기대를 가졌던 것은 그런 점에서 우연이 아니다. 일본의 전반적 분위기에 일정하게 실망하면서도 기대를 버리지 않고 세 번 방문했던 것 역시 그가 일본을 아시아의 중심 국가로 생각하였음을 잘 보여준다. 이처럼 일본에 대해 큰 기대를 가졌던 것은 러일전쟁 이후 일본이 보여준 당당함에서 서양을 대신할 수 있는 대안적 가치를 느꼈기 때문일 것이다.

러일전쟁 이후 타고르의 글에서 동양과 서양을 마주 세우고 논하는 대목을 찾는 것은 그렇게 어렵지 않다. 미국을 방문한 이후에 쓰인 것으로 추정되며, 1922년에 단행본으로 나온 『창조적 통일성』에 실려 있는 「동양과 서양」은 그런 성격의 글 중에서 가장 두드러진 것이라 할 수 있다.

오늘날 진정한 동양은 아직도 미답으로 남아 있다. 분별없는 무지보다 분별없는 경멸이 더 절망적이다. 무지가 단순히 불을 켜지 못하는 것이라면 경멸은 그 불을 없애 버리는 것이다. 자신의 진실을 전하기 위한 것일 뿐만 아니라 자신의 사명을 확신하기 위해서 동양은 서양의 이해를 기다리고 있다.

인도 역사를 볼 때 이슬람교와 힌두교와의 만남으로 출현한 아크바르 황제는 마음과 이상의 통합을 목표로 꿈꾸었다. 그는 종교와 같은 열렬한 의욕을 앞세워 자신의 생애에 즉각적이고도 위대한

업적을 남겼다.

그러나 동양과의 수세기에 걸친 접촉에도 불구하고 서양이 이 시대에 실현할 기사도적 이상의 열정을 발전시키지 못하고 있는 것이 사실이다. 어디서나 배척의 가시 돋친 울타리들을 세우고 국가적 이기주의를 위해서 인간을 제물로 바치고 있다. 서양인들끼리 전리품을 놓고 싸우면서 탐욕과 오만으로 이빨을 드러내고 으르렁거리며 서로 질투라는 감정을 계속 키우고 있다.

국가에 속한 개인들에 대한 커 가는 불신으로부터 우리 스스로를 보호해야 한다. 정의와 진실이라는 대의를 위하여 인류를 적극적으로 사랑하고 순교의 정신을 가진다는 점은 내가 서양에서 경험했던 것으로 큰 교훈이자 감명이었다. 서양의 진정한 위대함은 지성의 놀라운 훈련이라기보다 인류 복지에 헌신하는 봉사정신이라고 나는 확신하는 바이다. 따라서 나는 개인적으로 아픔과 슬픔의 감정으로 현재 서양 문명의 키를 잡고 있는 집단적 힘에 대해서 말하고자 한다. 그것은 바로 이상이 아니라 격정이다. 따라서 유럽이 성공하면 할수록 결국 더 많은 대가를 치러야 될 것이다. 그러한 대가를 치러야 한다는 징후는 이미 명백하다. 인류의 가장 큰 두 대륙에서 유럽이 자행하고 있는 강압적 기생으로 인해서 자신의 도덕적 본성이 점점 위축되고 타락하고 있음을 깨달아야 할 시간이다.[1]

아프리카의 분할을 둘러싸고 유럽 열강이 다투고 마침내 제1차 세계대전으로까지 비화하는 것을 목격하면서 쓴 것으로 보이는 이 글에서 서양에 대한 강한 비판과 동양에 대한 기대를 읽을 수 있다.

[1] 타고르, 「동양과 서양」, 손석주 옮김, 『아시아』 2011년 봄호, 31쪽.

서양의 공업화와 제국주의에 대한 타고르의 비판은 아시아 각국을 방문하는 과정에서 더욱 강화되었다. 그가 힘을 들여 여행했던 곳은 역시 일본과 중국이다. 인도인으로서 타고르는 아시아의 여러 지역을 여행하면서 사람도 만나고 강연도 하였지만 일본과 중국만큼 큰 기대를 가졌던 것은 아니었다. 그가 일본과 중국에 유독 큰 관심을 두었던 것은 이 두 나라가 과거와 현재에 갖는 역사적 비중을 고려했기 때문이다. 일본은 구미 제국주의의 압력에도 불구하고 비록 불평등의 요소를 갖고 있기는 하였지만 나라를 잃지 않고 튼튼한 독립국을 유지할 뿐만 아니라 구미의 일원이라 할 수 있는 러시아와 싸워 이긴 나라이다. 중국은 과거 아시아의 제국일 뿐 아니라 불교를 통하여 인도와 깊은 연계를 가졌던 나라이다. 이런 점으로 하여 타고르는 아시아의 자각과 연대에 있어 이 두 나라가 행할 역할에 대해 일정한 기대를 가졌던 것으로 보인다.

부분적으로 실망감을 금치 못하였던 일본과 달리 중국 여행은 타고르에게 큰 의미를 주었다. 타고르가 중국으로 가기 위해 홍콩에 들렀을 때 손문이 사람을 보내 자신은 아파서 오지 못하지만 중국행을 환영한다는 메시지를 보낼 정도2)로 타고르를 진정으로 이해하려는 이들이 많았기 때문이다. 앞서 보았던 것처럼 손문은 러일전쟁 이후 아시아의 각성과 연대를 외쳤던 사람 중의 하나로 그 스스로

---

2) Wei Liming "historical significance of Tagore's 1924 china visit", *Tagore and China*, Tan Chung 외 엮음(SAGE Publications India, 2011), 21쪽.

항상 서양의 패도에 맞서 동양의 왕도정치를 이야기하였다.

타고르가 자신이 중국에서 행한 연설에 얼마나 큰 비중을 두었는가에 대해서는 강연 원고를 모은 책을 두 차례에 걸쳐 출판했다는 점에서도 잘 드러난다. 타고르는 1924년 양계초의 초청으로 중국을 방문하고 귀국한 직후 여러 강연문을 모아 한 권의 책으로 출판하였다. 중국에서 강연하였던 이야기들을 출판하여 널리 알리고 동지를 구하고자 하는 마음에서 출판한 이 책에 타고르는 일정한 불만을 가졌던 것으로 보인다. 강연문이 갖고 있는 단편적인 요소를 보완하고 나름대로 체계를 부여하여 더욱 많은 사람들이 정확하게 자신의 뜻을 살필 수 있도록 1925년에 재구성하여 새 책을 출판하였다.

물론 타고르의 중국 방문과 그 결과로 나온 이 책에 대해 다른 의견을 가진 이들도 있다. 미국의 학자 스티븐 헤이는 1970년에 발간한 책 *Asian ideas of East and West:Tagore and His critic in Japan, China and Indi*에서 타고르의 중국 방문에 대해서 비판적이었던 글들을 중심으로 논의를 펼쳤다. 헤이의 책이 발간된 이후 인도의 학자 시시르 쿠마르 다스는 타고르의 인도 방문을 환영한 여러 사람의 글을 근거로 이 방문이 얼마나 중요한가를 논증하는 글을 발표하여 헤이의 논지를 반박하였다. 그는 1999년에 자신이 편집한 책 *Rabindranath Tagore: Talks in China*에 이 글을 수록하여 새롭게 소개함으로써 타고르의 중국 방문이 갖는 의미를 부각시키고자 하였다. 실제로 중국의 일부 진보적 인사들은 보수적인 사람들이 타고르를 악용할 것을 우려하여 타고르의 중국 방문을 방해하였으며 이에 대해 타고르가 언급할 정도로 당시에 널리 알려져 있었다. 하지만 이것은 당시 중국 지식인계 내의 대립구도에서 나온 것으로 전반적인 환영의 분위기와는 거리가 있었다. 타고르의 중국 방문과 이에 대한 중국 지식인들의 환영과 중국 방문에 대한 타고르 자신의 의미 부여는 1925년에 새 책을 출판한 것에서 확연하게 잘 드러나고 있다. 중국 지식인들이 타고르를 전적으로 배척하였다면 타고르가 이 책을 다시 낼 정도로 정성을 쏟지는 않았을 것이기 때문이다. 1916년에 일본을 다녀와서 별다른 책을 출판하지 않았던 것과 대조된다.

중국 여행과 강연에서 타고르는 줄곧 구미 제국주의를 비판하고 동양이 바로 서야 하는 것의 시대적 책무에 대해 강조하였다. 타고르가 얼마나 유럽의 제국주의에 분노를 느끼고 있으며 심지어는 반서방주의자로 보일 정도로 그 강도가 강하다는 것을 쉽게 확인할 수 있다.

한때 아시아는 야만으로부터 세계를 구할 정도로 밝았습니다. 그리고는 밤이 되어 캄캄해졌는데 왜 그렇게 되었는지 알 수 없습니다. 우리가 이 수면 상태에서 깨어나려고 할 때 우리는 힘과 지식으로 무장된 유럽을 받아들일 준비가 되어 있지 못하였습니다. 서양은 그들의 최고를 주려거나 혹은 동양의 최고를 찾으려 하는 대신 물질적 이익을 추구하려고 우리들을 착취하였습니다. 이것이 바로 유럽이 아시아를 넘어서는 방식이었습니다. 동등한 조건에서 만나지 않았기 때문에 유럽과 아시아 사이에는 정의 같은 것은 존재하지 않았습니다. 그 결과 아시아는 열등감 때문에 수치에 떨어야 했고, 유럽은 우등의식으로 무장하여 모욕을 일삼았습니다. 우리는 거지처럼 구걸하였습니다. 우리 자신의 것이라고는 아무것도 없다고 생각하게 되었습니다. 우리는 자신감의 결여로 심하게 고통을 받았습니다. 우리는 우리 자신이 갖고 있는 보배들을 인식하지 못하였습니다. 우리는 잠에서 깨어나야 합니다. 우리가 거지가 아니라는 사실을 증명해야 합니다. 이것은 우리의 의무입니다. 여러분 자신의 집에서 사라지지 않은 가치를 찾아내야 합니다. 그럴 때 우리 자신은 구원받게 될 것이며 모든 인류를 구할 수 있을 것입니다. 우리 아시아인들 일부는 서양을 모방하고 베낄 수 있다고 생각합니다. 저는 그것을 믿지 않습니다. 서양이 서양 자신을 위해 만든 것은 그 토양에서 나온 것입니다. 우리 동양인은 결코 서양의 마음이나 성정에서 빌려올 수 없습니다. 우리 자신의 출생권을 찾기 원합니다.[3]

아시아주의자라고 일컬어지는 사람들의 언사라고 생각될 정도로 서양에 대한 비판이 강하다. 그가 중국인들에게 이런 호소를 함으로써 아시아의 연대를 추구하려고 하는 열정을 어렵지 않게 느낄 수 있다. 서양의 제국주의자들이 아시아 대륙에서 행하는 행동들을 목격하면서 강한 분노를 표시하는 타고르의 마음 뒤에는 한때 아시아인들 사이에 이루어졌던 좋은 연대와 아시아 문명이 인류에게 기여

---

3) Tagore, *Talks in China*(Visva Bharati, 1925), 69~70쪽. 번역은 필자의 것임. 이후 별도의 언급이 없는 것들은 모두 필자가 번역한 것임.

한 역할에 대한 강한 자부심이 놓여 있다. 타고르를 초청한 양계초는 환영사에서 과거 인도가 무력이 아니라 선생을 보내 불교를 중국에 전파한 것과 중국의 구도자들이 험난한 길을 뚫고 지혜를 구하러 인도를 방문하였던 것을 거론하고 있다.4) 타고르가 보기에 다른 문명과의 만남은 이렇게 되어야 하는데 현재 유럽과 서구의 행위는 이와는 정반대라는 것이다. 그렇기 때문에 타고르는 중국에서 서양 제국주의를 더욱 강하게 비판하였던 것으로 보인다. 또한 인도와 중국이 만든 문명은 고대는 물론이고 서양이 중세 암흑기에 처해 있을 때 많은 자산을 보내어 르네상스에 이르렀다는 역사적 자부심도 크게 작용하고 있다. 한때 아시아는 야만으로부터 세계를 구할 정도로 밝았다고 하는 것은 이러한 자부심을 염두에 둔 것이라 할 수 있다.

중국 지식인과의 만남과 연대에 타고르가 강한 애정을 갖고 있는 것은 기본적으로 과거 중국과 인도가 공유하였던 문화적 자산에 근거한다. 하지만 이 무렵 타고르로 하여금 중국에 더욱 강한 관심을 갖게 하였던 것은 일본에 대한 실망감이 크게 작용하였기 때문이다. 아시아인들 중 일부가 서양을 모방하거나 베끼려고 한다고 한 것은 중국 방문 이전에 방문하였던 일본을 염두에 두고 한 말이다. 타고르는 일본과의 연대는 어렵다고 보았기에 더욱더 중국과의 연대에 열정을 쏟아내었다.

타고르는 세 번에 걸쳐 일본을 방문하였다.5) 중국 여행이 한 번인

---

4) 같은 책, 5쪽.

반면 세 번에 걸쳐 여행할 정도로 일본에 관심이 많았다. 부분적으로 실망을 많이 하였지만 설득을 하려고 노력하였음을 알 수 있다. 1916년에 일본을 처음 방문할 때 타고르는 많은 기대를 갖고 있었다. 오카쿠라 텐신이 인도를 방문하여 했던 여러 가지 이야기를 미루어볼 때 일본은 자신이 생각하는 아시아 연대의 중요한 축이 될 수 있다고 믿었기 때문이다. 하지만 타고르는 일본에서 크게 실망하고 귀국 후 「일본에서의 내셔널리즘」이란 글로 정리하였고, 이를 포함한 책 『내셔널리즘』을 출간한다. 이 책을 통하여 일본이 어떻게 서구를 단순히 모방하였는가를 자세하게 설명하고 있다. 타고르는 이 책에 수록된 「일본에서의 내셔널리즘」에서 서구의 내셔널리즘을 그대로 본받아 악용한 경우로 일본을 들면서 비판하고 있다.[6] 타고르는 일본이 세계사적으로 매우 중요한 의미를 갖고 있다고 보았다. 서구의 제국주의 침략에도 불구하고 유일하게 식민지나 비식민지로 전락하지 않고 서구에 맞선 나라이기 때문이다. 따라서 일본이 하기에 따라서는 세계사의 새로운 지평이 열릴 수 있다고 보았다. 일본이 서구 제국주의가 걸은 길을 걷지 않고 다른 길을 걷게 되기를 바라는 마음으로 이 글을 썼던 것으로 보인다.

---

5) 논자에 따라서는 다섯 번이라고 본다. 中島岳志는 『中村屋のボス』(白水社, 2005)에서 타고르가 일본을 다섯 번 방문하였다고 하면서 구체적으로 밝히고 있어 흥미롭다. 그의 견해에 따르면 타고르는 1916년 5~8월, 1917년 1~2월, 1924년 6월, 1929년 3월, 1929년 5~6월 다섯 번에 걸쳐 일본을 방문하였다. 타고르가 다른 곳을 가면서 일본을 경유하였던 것까지 포함해서 이렇게 본 것 같다.

6) Tagore, *Nationalism*(Macmillan, 1917).

이 글에서는 직접 거론하지 않고 간접적으로 끌어들이고 있지만 일본이 서구의 내셔널리즘을 그대로 모방한 증거로 든 것은 조선의 식민지화였다. 일본이 조선을 식민지로 만든 것은 모방된 오리엔탈리즘으로서의 내셔널리즘의 전형적인 경우였다. 일본의 문명 전반이 서구 근대의 물질적 제도를 그대로 따르고 있고 동양으로서의 일본이 가질 것으로 생각하였던 정신적인 자기성찰이 없는 것도 서구의 근대를 추수하는 일본의 중요한 모습이라고 보았지만, 가장 실망한 것은 다른 나라를 침략한 행위였다. 실제로 일본인들을 상대로 한 연설에서는 그들의 심기를 건드리지 않고 설득하기 위해 이러한 민감한 문제에 대해서 직접적으로 말하지는 않았지만 문면으로 볼 때 분명하다.

그렇기 때문에 타고르는 자신이 머물고 있는 요코하마 거처로 찾아온 조선인 지식인들을 반갑게 대하였고, 그들이 부탁한 시를 직접 지어서 줄 정도였다. 현재 타고르가 조선의 지식인들과 나눈 연대의 감정에 대해서는 한국 바깥에서 거의 알려져 있지 않다. 심지어 타고르가 조선의 지식인들에게 준 시는 인도 안에서 타고르를 연구하는 이들조차 거의 모르고 있는 실정이다. 타고르는 당시 요코하마 거처에 온 진학문에게 시를 하나 지어 조선의 잡지에 싣기를 희망하였고, 이는 최남선이 이끌었던 잡지 『청춘』에 원문과 더불어 실렸다. 1917년 11월에 발간된 『청춘』 제11호에 진학문은 자신이 타고르를 만나 이야기와 더불어 영어 제목 "The Song of the Defeated"를 「쫓

긴 이의 노래」로 번역하여 실었다. 타고르는 이 시를 1916년에 출간한 시집 *Fruit-Gathering*에 같은 제목으로 수록하였다. 『청춘』에 실린 것과 시집에 실린 것을 비교하면 이후 약간의 손을 댄 흔적을 알 수 있다.

> My Master has asked of me to stand at the roadside of retreat and
>   sing the song of the defeated,
> For she is the bride whom He woos in secret.
> She has put on the dark veil, hiding her face from the crowd, the
>   jewel glowing in her breast in the dark.
> She is forsaken of the day, and God's night is waiting for her with its
>   lamps lighted and flowers wet with dew.
> She is silent with her eyes downcast; she has left her home behind
>   her,from where comes the wailing in the wind.
> But the stars are singing the love song of the eternal to her whose
>   face is sweet with shame and suffering.
> The door has been opened in the lonely chamber, the call has
>   come;And the heart of the darkness throbs with the awe of the
>   expectant tryst.

이것이 『청춘』에 실린 작품의 전문이고, 시집에 실린 작품의 전문은 다음과 같다.

> My Master has bid me while I stand at the roadside, to sing the song
>   of Defeat, for that is the bride whom He woos in secret.

> She has put on the dark veil, hiding her face from the crowd, but the
> jewel glows on her breast in the dark.
> She is forsaken of the day, and God's night is waiting for her with its
> lamps lighted and flowers wet with dew.
> She is silent with her eyes downcast; she has left her home behind
> her, from her home has come that wailing in the wind.
> But the stars are singing the love-song of the eternal to her face is
> sweet with shame and suffering.
> The door has been opened in the lonely chamber, the call has
> sounded, the heart of the darkness throbs with the awe because of
> the coming tryst.

타고르 전집을 편찬한 시시르 쿠마르 다스의 설명에 의하면, 이 시가 처음 발표된 지면을 알 수 없다고 하면서 이 시집에 실린 다른 시들과 달리 이 작품은 처음부터 영어로 발표한 것이 아닌가 하고 추측하고 있다.[7] 시시르 쿠마르 다스의 짐작은 맞다. 타고르는 자신이 벵골어로 시를 지었을 경우 그것을 번역할 조선인이 없을 것을 우려하여 다른 시들과 달리 처음부터 영어로 창작하여 진학문에게 보낸 것으로 보인다.

이 시는 단순히 일본의 식민지로 전락한 조선인들을 위로하는 정도의 차원을 넘어 일본의 내셔널리즘이 범한 폭력을 비판하고 있다. 타고르가 일본인 앞에서 행한 연설은 그 자체로도 중요하지만 이 시

---

7) 이에 대해서는 Sisir Kumar Das가 편한 *The English Writings of Rabindranath Tagore 1* (Sahitya Akademi, 1994), 638쪽을 볼 것.

와 연관 지어볼 때 한층 더 분명한 의미를 갖는다. 타고르가 일본인의 내셔널리즘을 비판한 것은 일본이 서구의 근대 물질문명을 받아들이는 것에 초점이 있는 것이 아니라 조선을 식민지화함으로써 제국주의로 전화하고 있는 것에 대한 것임을 알 수 있다. 서구의 식민지를 피한 일본이 또 다른 아시아의 나라인 조선을 식민지화하는 것이야말로 타고르가 지속적으로 비판하였던 내셔널리즘의 폭력이라고 볼 수 있다. 즉, 모방된 오리엔탈리즘이다.

타고르가 일본을 방문한 후 그의 영향을 받았다고 하는 이들이 별로 없었지만 그나마 스스로 받았다고 하는 이들조차 타고르의 생각과는 아주 다른 길을 걸었다. 대표적인 예가 노구치 요네지로이다. 노구치는 타고르와 지속적인 소통을 하였지만 타고르가 비판한 일본의 내셔널리즘에 가장 부합하는 인물이었다. 1937년 일본이 중국을 침략한 직후 노구치는 일본의 행동을 지지해줄 것을 부탁하는 편지를 타고르에게 보냈다. 그는 일본이 중국을 침략한 것은 서구 제국주의로부터 아시아를 보호하기 위한 것이라고 주장하면서 이러한 행동은 타고르의 평소 지론에 부합하는 것이라고 하였다. 이 편지를 받은 후 타고르는 답장에서 자신은 일본의 중국 침략을 인정할 수 없으며 그러한 행동은 자신이 가장 반대해왔던 일본의 내셔널리즘에 불과하다고 하였다.8) 또한 서구에 대한 저항이 아니라 서구를 그대

---

8) 타고르의 편지는 Krishna Duttad와 Andrew Robinson이 편한 *Selected letters of Rabindranth Tagore*(Cambridge University Press, 1997)에 들어 있다. 타고르에게 일본의 중국 침략을 옹호해달라고 부탁한 사람으로는 노구치와 같은 일본인 말고 인도인도 있었다. 인도에

로 모방하는 것이라고 하였다.

타고르의 영향을 받았다고 하는 이로 노구치 이외에 오가와 슈메이를 들 수 있다. 서구가 아시아를 유린하는 것에 대해 평소 분노를 금치 못하였던 오가와 슈메이는 타고르의 강연 이후에 인도에 관한 저서를 집필하였다. 1916년에 출판된 이 책에서 오가와 슈메이는 타고르의 글 중에서 서구 제국주의를 비판하는 대목을 골라 길게 인용할 정도로 타고르에 심취하였다. 오가와 슈메이는 타고르가 『맨체스터 가디언』 특별통신원과 나눈 인터뷰를 인용하고 있다.

일본인들이 자기 나라가 아시아를 통합하고 이끌어야 한다고 생각하고 있는 것을 알게 되었다고 해서 조금도 이상하게 생각할 일은 아니다. 유럽 제국은 그들 사이의 차이에도 불구하고 근본적인 사고나 전망에 있어서는 하나다. 유럽 이외의 지역의 사람들을 대할 때 그들은 하나의 대륙이라기보다는 하나의 국가처럼 보인다. 예를 들어 몽고가 침입했을 때 모든 유럽의 국가들은 공통으로 저항하였다. 일본은 결코 홀로 설 수 없다. 일본이 유럽과 경쟁하면 반드시 파산할 것이며 유럽 내에서는 그 누구도 돕지 않을 것이다. 일본은 아시아와 연대하는 것이 자연스럽다. 자유 중국과 태국 그리고 궁극적으로 자유 인도와 연대해야 할 것이다. 아시아의 연합은 설령 서

서 반영 운동을 하다 일본으로 피신을 와서 생활하면서 일본과의 친선 속에서 반영운동을 주도하였던 Rash Behari Bose도 타고르에게 일본의 중국 침략을 변호해줄 것을 부탁하였다. 나중에 그는 타고르를 초청하려고 하였지만 타고르가 거절하였다. R. B. Bose의 부탁을 거절하면서 타고르는 중국 민중을 압살하는 일본의 침략을 비판하였다. 일본에 거주하는 인도인들의 안위를 걱정하면서도 단호하게 선을 그은 타고르의 태도에서 제국주의와 이의 모방으로서의 내셔널리즘에 대한 비판을 확연하게 읽을 수 있다.

아시아 지역을 포괄하지 못하더라도 강력한 연합이 될 것이다. 물론 그 길은 멀고 험난하다. 언어 문제로 하여 소통의 큰 장애가 있을 것이다. 하지만 태국에서 일본까지는 친근한 혈연의 정이 있고 인도부터 일본까지는 많은 공통의 종교, 예술, 철학이 있다.[9]

오가와 슈메이는 '자유 중국'이라고 구체적으로 말할 정도로 중국의 식민지화를 반대하였지만 막상 일본이 중국을 침략하였을 때는 이를 반대하지 않았다. 그런 점을 고려할 때 일본의 지식인들 중 타고르를 이해한다고 하는 이들은 그를 아시아주의자로서 자신들의 논지에 적절하게 활용하였을 뿐이지 실제로 타고르의 진의를 받아들인 것은 아니었다. 타고르는 서구 제국주의가 아시아를 점령하고 제국주의적 야욕을 드러내는 것에 근본적으로 비판적이었지만, 이에 대한 반발로서의 아시아적 오리엔탈리즘 즉 반서방주의로서의 아시아주의에 대해서도 매우 비판적이었다. 타고르의 아시아 연대는 서구를 타자화하는 것이 아니라 서구의 침략 이후에 자긍심을 잃고 있는 아시아가 자신의 가치를 찾아가는 과정에서의 아시아에 대한 재인식이지 결코 아시아주의는 아니었던 것이다. 타고르는 서구 과학의 진보적 측면을 인정하고 이를 배울 것을 주장한 바 있다. 서구 과학에 대해 일방적으로 비판하는 태도를 가진 간디와 달랐던 것이다. 이러한 타고르의 진정한 뜻을 이해하지 못한 오가와는 결국 일본의 아시아주의의 늪에서 헤어나지 못하고 일본의 아시아주의와 중국 침략

9) 大川周明, 『印度における國民的運動の現狀及び其の由來』(1916), 5~6쪽.

사이의 곤경을 벗어나지 못하고 말았다.

타고르의 본뜻은 전후 일본의 서구주의에 대해 반성적 성찰을 시도한 다케우치 요시미에 이르러 어느 정도 잘 이해되고 있음을 확인할 수 있다.

> 타고르도 마찬가지죠. 중국에서는 민중의 대변자인 문학가가 타고르를 충분히 소개하고 타고르와 같은 문제를 제기했습니다. 타고르가 일본에서는 어떻게 받아들여졌느냐 하면 인도라는 망국의 시인이다, 망국의 노래를 부르는 시인이다. 이렇게 이해되었습니다. 중국에서는 그렇지 않아서 민족해방운동의 전사로 받아들여졌죠. 이런 평가의 차이가 문제로 놓입니다. 중국에서는 얼마 전 일본에 왔던 궈모뤄라는 사람, 그리고 쉬모즈, 쉬에빙신, 이렇게 경향을 달리하는 사람들 모두가 타고르를 다룹니다. 중국에서 가장 유력한 문학잡지가 타고르 특집호를 발행하였습니다. 같은 피압박 처지에 있는 식민지를 살고 있는 인간이라는 점에서 반항의 공감대가 형성되었습니다. 타고르는 드러난 모습만 본다면 약하다고 할 수 있겠지만 바닥에는 몹시 강렬한 분노를 간직하고 있습니다. 그것을 중국이라면 헤아릴 수 있었습니다. 일본은 짐작도 못했습니다. 그저 망국의 시인, 약자의 넋두리로만 받아들여졌습니다.[10]

식민지 조선에 대한 인식이 결여되어 있는 점, 중국에 대해 과도하게 의미를 부여하는 점을 감안하고 나면 다케우치 요시미의 지적

---

10) 다케우치 요시미, 『내재하는 아시아』(다케우치 요시미 선집 2), 마루카와 데쓰시 · 스즈키 마사히사 엮음, 윤여일 옮김(휴머니스트, 2011), 51~52쪽.

은 매우 적절하다고 할 수 있다.

타고르가 중국과 일본의 지식인과 서로 연대하려고 노력하였던 행적들에서 그가 품고 있었던 구미 제국주의에 대한 비판과 아시아의 연대를 읽을 수 있다. 중국에서는 구미 제국주의에 대한 강한 비판을 기조로 하면서도 중국과의 연대를 강화하려고 노력하였다. 일본에서는 구미 제국주의를 모방하는 것을 비판하면서 이것으로부터 벗어난 아시아의 연대를 촉구하였다. 중국과 일본의 상이한 역사적 처지로 인하여 강조점이 다소 다르기는 하지만 공통적인 것은 구미의 공업화와 제국주의에 대한 비판이다. 인도에서 영국 제국주의의 억압하에서 누구보다도 그 폭력을 경험하였던 그였기에 중국과 일본에서도 일관되게 구미의 공업화와 제국주의화를 경계하고 비판하였던 것이다.

2. 힌두부흥주의와 내셔널리즘에 대한 비판

내셔널리즘을 옹호하면서도 서구의 공업화를 일체 부정하였던 간디와 달리 타고르는 제국주의를 비판하면서도 내셔널리즘에 대해서는 비판적이었고 또한 힌두부흥주의에 대해서도 비판적이었다. 타고르는 서구의 과학 중에서도 인도의 민중과 인류의 미래를 위해 도움이 되는 해방적인 것은 적극적으로 받아들이고, 억압적인 것은 거부하는 태도를 보여주었다. 그런 점에서 서구의 공업화 자체를 일체 부정하였던 간디와는 달랐다. 따라서 타고르는 서구는 물질적이고 동양은 정신적이기 때문에 비록 현재는 서구에 밀리지만 궁극적으로는 동양이 서구보다는 우위에 있다는 당시 인도의 힌두부흥주의자들의 생각을 따르지 않았다. 또한 영국에 맞선 인도 내셔널리즘이 내부의 소수자를 억압하는 것으로 나아가는 것에 대해서도 매우 비판적이었다. 타고르의 장편소설『집과 세상』(1915년에 연재되었다가 1916년에 단행본으로 출판되었다)은 인도 내셔널리즘과 힌두부흥주의를 모두 비판하고 있다는 점에서 매우 문제적인 작품이다.

서구 제국주의에 맞서서 나온 힌두부흥주의에 대해서 가장 비판적이었던 것 중의 하나가 여성의 사회적 활동을 부정하는 것이다. 타고르는 이와 달리 여성의 사회적 활동을 비롯한 많은 해방적인 대목들은 적극적으로 받아들이려고 하였다. 이러한 지향이 잘 드러난 작품이 바로『집과 세상』이다. 타고르의『집과 세상』은 얼핏 보면 삼각관계를 다룬 소설로 보인다. 니킬과 비말라 부부 사이에 외간 남자 산디프가 들어섬으로써 삼각관계가 형성되고, 비말라가 급속하게 산디프에게 기울면서 긴장이 높아져갔다가 결국 산디프의 도피와 니킬의 부상으로 비말라는 비통한 세계에 빠져들게 된다는 구성이 그러하다. 니킬이 자신의 부인 비말라를 산디프에게 소개한 것은 여성이 집 안의 세계에서 바깥 세계로 나와야 한다는 신념 때문이었다.

잘 알려져 있는 것처럼 인도에서 여성은 공적인 외부 세계에 진입하기가 매우 어려운 구조이다. 사티 제도에서 잘 드러나는 것처럼

시인으로 알려져 있는 타고르는 소설에서도 재능을 발휘하였는데, 장편소설 『집과 세상』은 내셔널리즘에 대한 비판으로 최근에 와서 각별히 주목을 받기 시작한 작품이다. 내셔널리즘이 제국주의에 대한 정당한 비판이 될 수 없다는 그의 탁월한 사유는 당시로서는 쉽게 받아들여지지 않았다.

인도의 여성들은 남성의 세계에 종속된 측면을 보여준다. 영국이 인도를 식민지화한 다음 자신들의 문명화 사명을 강조하기 위해서 일부터 사티를 과장한 측면이 없는 것은 아니지만 기본적으로 사티 제도는 이전부터 존속되어왔던 것으로 힌두 가부장제의 유산이었다. 힌두 전통의 유물인 이 사티 제도는 남편이 죽은 후에 미망인이 남편을 따라 불 속으로 들어가 산화하는 것이다. 실제로 영국이 인도에 들어오기 전까지 사티는 인도인들 사이에서 별 거부감과 저항 없이 이루어졌다. 많은 관찰자들이 지적하고 있는 것처럼 사티는 강요된 것이 아니고 자발적인 형태를 띠었기 때문에 내부의 큰 저항 없이 진행되어왔다. 하지만 영국인들이 들어오면서 상황은 달라졌다. 영국 제국주의자들은 인도인의 사티 제도를 야만적인 것으로 간주하고 이를 철폐할 것을 주장하였다. 이로써 인도 내부에는 사티 제도를 둘러싸고 뜨거운 찬반 논쟁이 일어났다.

영국인들이 사티 철폐를 주장하기 이전에도 인도의 힌두교 풍속을 접한 다른 문명권의 사람들도 이것이 내포한 비인간적인 측면에 대해서 강한 문제의식을 느꼈다. 인도 북부 지역을 점령한 많은 무슬림들은 힌두교도들이 행하는 이 풍습을 목격하고는 기절할 정도로 놀랐다. 14세기 무렵 이슬람 학자로서 인도 지역을 여행한 모로코 출신의 이븐 바투타가 사티 풍속을 목격하고 말에서 떨어질 뻔하였다고 적고 있을 정도였다.[11] 하지만 이슬람교도들은 힌두교도들을

---

11) 이븐 바투타, 『이븐 바투타 여행기 2』, 정수일 역주(창작과비평사, 2001), 35~36쪽.

점령 지배하고 있음에도 사티 철폐를 요구하지 않았다. 왜냐하면 인도인들의 전통을 존중하였고 이것을 침범하려고 하지 않았던 것이다. 이런 것을 보면 당시 인도의 지배자인 무슬림들이 이 제도가 갖는 비인간성을 알지 못하였기 때문에 관여하지 않은 것은 결코 아니다. 오히려 그들은 내심 불만스럽지만 다른 문화와 문명에 함부로 간섭하지 않으려고 하고 인내력을 갖고 존중하려고 하였기 때문인 것으로 보인다. 실제로 영국인들이 사티 철폐를 선언하였을 때 인도의 힌두부흥주의자들은 이런 예를 들면서 영국 제국주의를 질타하였다. 1829년 인도 총독 윌리엄 벤티크가 사티를 철폐한다는 성명을 발표하자, 캘커타 지역의 사람들은 "힌두에 대한 첫 정복자들은 물론이고, 이 나라를 지배한 무굴 정부조차도 자신들의 종교에 대한 강한 집착을 갖고 이를 인도인들에게 강요했음에도 불구하고 결코 사티 풍속에 대해서는 간섭하지 않았다"[12]라고 하면서 영국 제국주의자들이 무슬림보다 관용성이 없다고 반박할 정도였다. 그들은 이 풍속이 인도의 전통적인 것이기 때문에 이를 부정하는 것은 곧 인도를 부정하는 것이라고 주장하였다. 영국인들이 사티를 자신의 문명화 사명의 중요한 지표로 삼기 시작하자 사태는 더욱 예각화되었다.

타고르는 영국의 제국주의에 반발하여 사티를 주장하거나 혹은 여성의 사회적 활동을 부정하는 힌두부흥주의자들과 달랐다. 타고르는 사티 제도와 같은 것이 기본적으로 여성을 억압하는 것이라고 보

---

12) *Sati:A Historical Anthology*, Andrea Major 엮음(Oxford University Press, 2007), 148쪽.

았기 때문에 영국의 개입을 통한 철폐라 하더라도 사티 제도를 반대하였다. 또한 여성들로 하여금 집 안에서만 머물지 말고 바깥 세계와 더불어 호흡할 것을 권유하였다. 그렇기 때문에 비말라로 하여금 바깥 세계의 공기—이 작품에서 스와데시 운동—를 마시게 하려고 하였고 그것은 자기 아내를 바깥 남자인 산디프에게 소개하는 것으로 이어졌다. 비말라는 남편의 이러한 호의에 힘입어 산디프가 군중 앞에서 하는 연설을 듣고 스와데시 운동에 공감하게 되면서 나중에는 스와데시 운동에 소극적인 남편을 등지고 스와데시 운동의 주창자인 산디프에게 깊숙이 빠져든다.

그런 점에서 보면 당시 전통적인 여성들을 옹호하면서 이들에게 전통적인 관습을 힌두교의 이름으로 여성들에게 강요하는 힌두부흥주의와 타고르의 생각은 매우 다르다는 것을 알 수 있다. 타고르는 여성들의 사회적 활동을 촉구하는 것이 설령 영국을 비롯한 구미에서 자극받아 배운 것이라 하더라도 이를 적극적으로 밀고 나가야 한다고 생각하였다. 그 역시 사티 제도의 철폐를 문명화의 사명으로 삼는 제국주의 영국에 대단히 비판적이었지만 여성 해방을 위해서는 서구의 앞잡이라는 의혹을 받더라도 그렇게 해야 한다는 것이다. 그런 점에서 타고르는 구미 전체를 반대하지 않았다. 구미의 것 중에서도 인간의 해방을 위해 도움이 되는 것이라면 기꺼이 받아들여야 한다고 생각하였다. 그런 점에서 구미의 것을 일체 부정하는 반서방주의로서의 힌두부흥주의와는 전혀 다른 것이다.

　　타고르의 『집과 세상』을 인도 여성의 해방으로만 보는 것은 이 작품의 기저를 읽어내지 못하는 것이다. 이 작품의 기저는 내셔널리즘에 대한 비판이다. 타고르는 이 작품에서 내셔널리즘을 정면으로 비판하고 있다. 타고르는 영국이 벵골 지역을 힌두 지역과 이슬람 지역으로 분리하여 통치하려는 것에 대해서 많은 인도인들이 저항하는 것을 적극적으로 지지한 바 있다. 하지만 인도인 중 힌두인들이 그 본래의 뜻과 다르게 이슬람을 믿는 사람들을 배제하거나 차별하는 것으로 이어지는 내셔널리즘으로 경사되는 것을 목격하고는 더는 지지하지 않았다. 작중인물인 니킬이 영국 상품을 불에 태우는 것을 반대하면서 내셔널리즘적 저항을 지지하지 않은 것은 두 가지 이유에서이다. 하나는 이러한 행동이 궁극적으로 힌두 부자들만을 위한 것에 지나지 않고 물건을 파는 가난한 사람들은 정작 소외된다는 것이다. 다른 하나는 영국 상품을 파는 이들은 대부분 가난한 이슬람인들인데 이들에게 영국 상품을 불태울 것을 강요하는 것은 결국 이들의 사정을 더욱 어렵게 만든다는 것이다. 이러한 이유로 하여 니킬은 산디프가 주도하는 영국 상품을 불태우는 행동에 대해서 비판적 입장을 견지한다. 실제로 이러한 우려는 현실로 드러나서 엄청난 폭력으로 전화한다. 영국 상품 불매운동이 무슬림들을 자극하여 결국 힌두교도와 무슬림들 간의 전쟁으로 치닫게 되고, 그 과정에서 이러한 충돌을 야기하였던 산디프는 피신하게 되고 오히려 이러한 충동을 예견하면서 자제하기를 요청하였던 니킬은 충돌 과정에서 치

명상을 입게 된다.

타고르는 내셔널리즘은 서구에서 들어왔지만 결코 받아들여서는 안 된다고 생각하였다. 내셔널리즘은 자종족중심주의로 흐르기 쉽다고 보았기 때문이다. 자신들이 속한 나라가 힘이 강할 경우 다른 나라를 침략하여 제국주의자가 되기 쉽고, 힘이 약할 경우 자기 나라 내부에서 다른 종족들 혹은 소수자들을 배제하는 폭력으로 이어진다고 본 것이다. 산디프가 "나는 인도의 동양적 양식이 아니라 서양의 군국주의적 양식이기를 바란다. 그러면 우리는 우리의 본성이 삶의 전쟁터에 꽂으라고 준 정념의 깃발을 펼치는 것을 수치스러워하지 않을 것이다. 정념은 진흙탕에서 피어나는 백합처럼 순수하고 멋진 것이다. 그것은 진흙 위에 서 있지만 깨끗이 하기 위해 비누 따위는 필요 없다."13)라고 외쳤던 것은 인도도 영국이나 프랑스, 독일처럼 강한 국민국가를 만들어나가야 하고 이를 위해서 모든 것을 조국에 바쳐야 한다고 생각하는 것을 단적으로 표현한 것이다. 조국을 위해 모든 것을 바치는 것이야말로 가장 숭고한 것이라고 믿는 태도이다. 니킬은 산디프의 이러한 내셔널리즘을 비판하면서 다른 태도를 보여준다. "나는 조국을 위해 일할 각오가 돼 있소. 그러나 나는 조국보다도 훨씬 더 위대한 권리를 숭배하오. 조국을 신처럼 숭배하는 것은 조국을 불행하게 만드는 일이 된다오."라고 한 것은 인도 내셔널리즘에 대한 강한 비판이다.

---

13) 타고르, 『집과 세상』, 이자경 옮김(눈, 1993), 114쪽.

그렇다고 해서 타고르가 영국의 제국주의적 침략을 묵인하거나 혹은 승인하였던 것은 아니다. 그는 누구보다도 강력하게 영국의 제국주의에 대해서 비판적 입장을 견지하였다. 실제로 스와데시 운동이 일어났던 1905년 무렵 타고르는 그 운동에 참가한 바 있다. 하지만 1907년 이후 이러한 자종족중심주의에 입각한 내셔널리즘의 문제점을 차츰 깨달아가기 시작하였다. 내셔널리즘이라는 이 서구의 유산에 거리를 두기 시작하면서 이에 대해 비판적 입장을 담은 작품들을 발표하기 시작하였다. 1907년에 나온 장편소설『고라』는 이러한 입장을 가장 선명하게 담고 있는 첫 작품이다. 이후 타고르의 이러한 생각은 제1차 세계대전을 겪는 유럽을 지켜보면서 더욱 강화되었던 것으로 보인다. 유럽의 내셔널리즘이 결국 식민지 획득을 위한 나라 간 전쟁으로 비화되는 것을 보면서 내셔널리즘이 더는 인류의 지적 유산이 될 수 없음을 확신하였던 것으로 보인다. 그러한 성찰 위에서 나온 작품이 바로『집과 세상』이다.

하지만 이 작품은 제대로 이해되지 못한 채 숱한 오해 속에서 읽히고 있다. 특히 비서구 식민지의 경험에 대한 역사적 이해가 없는 이들이 이 작품을 읽을 때 더욱 두드러진다. 이 작품에 대한 루카치의 평가는 이러한 경향의 가장 대표적인 경우라 할 수 있다. 루카치는 당시 이 작품이 독일어로 번역되어 널리 읽히는 것을 보고 매우 못마땅하게 생각하고서는 1922년 *Die rote Fahne*이란 잡지에 「타고르의 간디적 소설」이란 비판적인 글을 발표하였다. 영국인들이 노벨상을 줌으로써 작가 타고르는 영국 식민주의에 대한 비판을 하지 않는 것으로 보답하였다고 평하면서 이 소설을 간디의 비폭력 논리를 따르는 작품이라고 치부하였다. 타고르가 식민주의를 비판하지 않았다고 평가하고 있는데, 이는 타고르의 문제의식의 핵심에 다가가지 못한 것이었다. 타고르는 비내셔널리즘 관점에서 제국주의를 비판하고 있는 것이다. 반식민주의는 곧 내셔널리즘이라는 서구의 도식으로는 이해하기 어려운 사유이다. 유럽중심주의에서 크게 벗어나지 못하였던 루카치가 보여준 이러한 평가[14]는 당시 서구에서 가장 진보적인 평론가조차 아시아의 작품을 읽을 때 서구 세계의 지평을 벗어나기가 매우 어렵다는 것을 잘 보여준다.

타고르는 서구의 공업화와 제국주의가 아시아를 비롯한 비서구 세계 전체를 휩쓸 무렵에 영국의 식민지였던 인도에서 창작하였다. 서양의 물질세계보다는 동양의 정신세계가 낫다는 전망 속에서 반영 활동을 하였던 인도의 힌두부흥주의자들과 달리 타고르는 서구 사회를 아주 예리하게 관찰하고 인간의 해방을 위해 필요한 것은 선별적으로 수용하였다. 인도의 민중과 인류의 미래를 위해 도움이 될 수 있는 것은 적극적으로 받아들이고 그렇지 않은 것은 거부하는 자세를 견지하였다. 여성의 사회적 활동과 같이 해방적인 측면은 서구의 것이라 하더라도 적극적으로 받아들였다. 또한 영국에 맞선 인도의

---

14) 타고르에 대한 루카치의 평가가 유럽중심주의에 기초해 있다는 비판에 대해서는 Ashis Nandy, *The Illegitimacy of Nationalism*(New Delhi:Oxford university Press, 1994)를 참고.

내셔널리즘에 대해서도 비판적이었다. 내셔널리즘의 기치를 내걸고 제국주의와 싸우는 것을 구미의 모방으로서 서구가 저지른 억압을 되풀이한다고 비판하였다. 이러한 맥락을 읽지 못하였기 때문에 루카치와 같은 유럽중심주의적 해석이 나오는 것이다. 당시 서구의 가장 진보적인 비평가였던 루카치가 이럴 정도이니 다른 논자들의 경우는 더 말할 것도 없을 것이다. 타고르의 고민과 지향은 인도만의 것이 아니라 서구의 공업화와 제국주의라는 시대의 파고 속에서 미래를 만들어가야 했던 모든 비서구 식민지 작가와 지식인들의 고뇌였던 것이다.

일본과 중국 방문에서 얻은 글, 그리고 장편소설 『집과 세상』을 통해서 볼 때 동서문명론에 대한 타고르의 입장이 확연하게 드러난다. 타고르는 서구 제국주의와 이에 기반을 둔 갖가지 형태의 오리엔탈리즘에 대해서는 강하게 비판하였다. 아시아는 일시적으로 자신을 망각하고 살아가고 있지만 자신의 역사에서 행하였던 가치들을 복원하면 인류에게 중요한 기여를 할 수 있다는 입장이었기에 서구의 우월성과 아시아의 열등성이란 대비에 기초한 구미 오리엔탈리즘을 경계하고 이에 대해서 다양한 방법으로 반박하였다. 또한 틈만 나면 서구 제국주의의 갖가지 죄상을 예를 들어가면서 비판하고 이와 대비하여 아시아의 존엄성과 가치에 대해서 열변을 토하였다.

타고르는 구미 제국주의의 이데올로기인 오리엔탈리즘뿐만 아니라 아시아 오리엔탈리즘에 대해서도 비판적이었다. 특히 내셔널리즘에 대해서는 아주 비판적이었다. 구미 제국주의를 모방하여 일본이 조선과 중국을 침략하는 것을 모방된 오리엔탈리즘이라고 간주하여 비판한 것이라든가 인도의 내셔널리스트들이 자국 내의 소수자들을 배제하는 것을 두고도 일종의 구미 제국주의의 모방된 오리엔탈리즘으로 보고 비판한 것도 같은 맥락이라 할 수 있다. 이와 더불어 서양은 물질적이고 동양은 정신적이라고 하면서 힌두의 부흥을 주장하는 이들에 대해서도 구미 제국주의에 대한 단순한 대응으로 궁극적으로 전도된 오리엔탈리즘에 불과하다고 보았다. 타고르는 모방된 오리엔탈리즘과 전도된 오리엔탈리즘이 표면적으로는 구미 제국주의에 대해 비판적인 것처럼 보이지만 내면적으로는 구미 제국주의의 회로 안에서 놀고 있는 것에 지나지 않는다는 것을 직시하였다.

이러한 입장을 견지하였기에 타고르는 세계문학론을 펼칠 수 있었다. 벵골 지역의 교육위원회가 '비교문학'에 대해 이야기를 해달라고 하였을 때 타고르는 비교문학이란 말을 사용하지 않고 지구적 보편성을 담지하고 있는 세계문학이란 말을 사용하였다.[15] 그럴 수 있었던 것은 바로 구미 오리엔탈리즘과 아시아 오리엔탈리즘 모두를 비판적으로 극복할 수 있었기 때문이다.

---

15) Tagore, *Selected writings on literature and language*(New Delhi:Oxford University Press, 2001), 148쪽.

제 2 장

로힌턴 미스트리

1. 내셔널리즘과 민주주의의 길항

구미의 식민지에서 벗어난 국가들은 국민국가를 모델로 하여 새로운 국가를 만들려는 노력을 하게 되는 과정에서 내셔널리즘과 민주주의 사이의 긴장이란 새로운 사태를 맞이하게 된다. 국민국가 체제라는 거대한 지구적 질서에서 일시에 국민국가를 넘어서는 사회를 만든다는 것은 결코 쉬운 일이 아니다. 한 사회가 그렇게 가고 싶어 한다 하더라도 주변의 세계질서가 궤를 같이하지 않는 한 식민지에서 막 벗어난 사회는 독립은커녕 전혀 예측하지 못한 참담한 새로운 예속에 빠지거나 아니면 지리멸렬해져 그 사회를 구성하는 대다수 민중들의 고통만 가중시키기 쉽다. 가능한 길은 국민국가의 틀을 유지하되 민주주의를 한층 심화시켜 나가는 방법이다. 그 과정에서 국가의 힘이 커지면 내셔널리즘이 강화되고 민중들의 고통은 가중되는 반면, 민중들의 힘이 커지면 민주주의는 강화되고 국가는 점차 약화된다.

영국에서 독립한 인도는 그런 점에서 매우 상징적인 사회라 할 수 있다. 영국 점령 이전부터 중국과 같은 중앙집권적인 방식보다는 반자율적인 지역 기초 단위의 결합으로 유지되던 인도 사회는 국민국가라는 새로운 제도하에서 시험대에 오르게 되었다. 특히 인도는 영국 지배 시절부터 구미 제국주의에 저항하면서 내부적으로 이러한 문제에 대해 고민했던 터라 더욱 문제적이었다. 앞서 보았던 것처럼 내셔널리즘을 비판하였던 타고르는 이러한 문제의식을 가장 첨예하게 견지하던 지식인이었지만 그 외에도 간디, 네루 등이 부분적 차이는 있지만 이러한 문제의식을 가지고 있었다. 이들은 하나같이 내셔널리즘이 구미 제국주의를 모방한 새로운 오리엔탈리즘이라는 사실을 알고 있었기에 이 길을 가지 않으려고 하였다. 하지만 시간이 흘러가면서 내셔널리즘의 폐해를 알고 있었기에 이를 거부하면서 다른 형태의 길을 가고자 했던 이들마저 급속하게 내셔널리즘으로 경사되는 사태가 벌어졌다.

독립 이전에 작고한 타고르와 달리 독립을 경험한 간디는 타고르가 그토록 경계하였던 이 문제에 부닥칠 수밖에 없었다. 독립 이후 간디를 괴롭힌 문제는 힌두와 이슬람의 공존이었다. 영국의 분할 통치 전략으로 초래된 이 두 종교 세력의 갈등은 독립 이후 내셔널리

1851년 영국 런던에서 열렸던 박람회의 인도관이다. 공업화와 그 지구적 확산을 통해 문명화를 이루려고 하였던 영국의 기획은 이후 유럽과 미국의 본격적인 제국주의와 오리엔탈리즘의 출발이 되었다. 인도의 작가들은 독립 이후에도 이 문제로 인하여 복합적인 갈등에 휩싸이게 되었다.

즘화와 맞물려 물리적 충돌로 이어졌다. 누구보다도 이 사태를 우려하였던 간디로서는 인도라는 사회 속에서 다른 종교들 간의 화해와 공존을 역설하면서 민주주의를 수호하려고 하였다. 하지만 간디의 암살에서 잘 드러나는 것처럼 여간 어려운 문제가 아니었다.

간디를 이어받은 네루 역시 초기에는 독립 인도의 내셔널리즘화를 경계하면서 민주주의 인도를 건설하기 위하여 갖은 노력을 다하였다. 비록 파키스탄의 분리라는 복병을 만나기는 하였지만 네루는 초지를 잃지 않고 유럽의 제국주의와 오리엔탈리즘을 비판하였다. 또한 아시아의 연대를 주장하면서 새로운 대안적 지구 질서를 마련하기 위하여 분주하게 활동하였다. 1947년에 아시아에서 처음으로 델리에서 아시아대회를 개최한 것도 네루의 이러한 지속적인 관심을 제하고는 제대로 이해할 수 없을 것이다. 일본의 아시아주의로 많은 아시아 나라들이 큰 고통을 받은 직후에 네루가 아시아대회를 주최한 것은 그가 구미 오리엔탈리즘과 이에 대한 대응으로 나온 전도된 오리엔탈리즘의 위험성을 잘 알고 이를 극복하기 위해 노력하였음을 확인할 수 있다. 앞서 서장에서 언급한 것처럼 네루는 러일전쟁 이후 일본의 부상을 적극적으로 환영하였던 인물이었기에 이러한 새로운 방식은 큰 의미를 가질 수 있었다. 1937년 일본이 중국을 침략하는 것을 반대할 정도로 일본의 제국주의에 대해서도 극도로 경계한 바 있다. 일본의 아시아주의와는 다른 방식으로 아시아의 연대를 기획하면서 구미 주도의 제국주의 질서와는 다른 대안적 세계를 꿈꾸었던 네루의 노력은 그 자체로 많은 가능성을 지닌 것이었다. 영국 치하에서 살면서 영국의 제국주의와 그 이데올로기인 오리엔탈리즘의 폐해를 피부로 직접 경험하였을 뿐만 아니라 러일전쟁 이후에 부상한 일본이 제국주의로 전화되는 것을 목격하였기에 가능하였던 전망이었다. 하지만 1962년 중국과의 결렬 이후 급속하게 내셔널리즘화되면서 나중에는 자신의 딸을 수상으로 앉히게 할 정도로 민주주의 의식을 잃어버렸다.

인도 출신의 작가로서 현재 캐나다에서 살면서 작품 활동을 하고 있는 로힌턴 미스트리는 독립 이후 내셔널리즘화되고 있는 인도에 가장 신랄한 비판을 가하고 있는 작가이다.

로힌턴 미스트리는 인도의 소수종족 중의 하나인 파르시 출신이다. 인도에서 힌두 내셔널리즘이 강화되어가면서 소수종족의 일원으로서 더욱 억압을 느끼게 되자 결국 인도 사회에서 견디기 어려워 캐나다로 이주하여 그곳에서 인도를 배경으로 작품을 쓰고 있다. 특히 그가 집중적으로 다루고 있는 것은 네루와 그의 딸 인디라 간디가 집권하였던 시기이다. 네루와 인디라 간디가 인도의 내셔널리즘을 주도하면서 타고르가 그토록 경계하였던 독립 인도의 내셔널리즘은 현실화되어갔다. 미스트리는 바로 인도의 내셔널리즘을 그 내부에서 가장 치열하게 비판한 작가이다. 때로는 종교적 소수자로서, 때로는 계급적 하층의 시선으로 내셔널리즘화에 의하여 민주주의를 잃어가는 득립 이후의 인도를 비판한다.

2. 독립 인도의 내셔널리즘화에 대한 비판으로서의
『그토록 먼 여행』

미스트리의 첫 장편소설 『그토록 먼 여행』(1991)은 독립 이후의
국민국가 건설 과정에서 벌어지는 폭력을 아주 잘 보여주는 작품이
다. 이 작품은 인도와 파키스탄 사이에 벌어진 1971년의 전쟁을 배
경으로 하고 있다. 동파키스탄의 독립 저항 세력을 도울 가능성이
있는 인도를 파키스탄이 선제공격함으로써 시작된 이 전쟁은 파키스
탄의 패배로 끝났다. 그 결과로 동파키스탄은 방글라데시로 이름을
바꾸고 독립국가가 된다. 이 사건은 네루가 죽은 이후 그를 이은 인
디라 간디가 내셔널리즘으로 향하는 길에서 그 정점에 이른 사건이
라 할 수 있다. 1962년 중국과의 전쟁에서, 1965년 파키스탄과의 충
돌에서 인도가 패한 것과는 달리 이 전쟁에서는 외면적으로는 인디
라 간디가 주도하는 국민회의의 인도가 승리한 것처럼 보였다. 하지
만 작가는 외면적인 것과 달리 내부적으로는 인도가 부패하기 시작
하고 나아가 극단적인 내셔널리즘으로 경도되고 있음을 보여준다.

주인공 구스타드는 파르시 공동체의 일원으로 평범한 중산층이다.
아들이 인도공과대학을 나와 안정된 기술자가 되기를 바라는 마음으
로 하루하루의 은행원 생활을 만족스럽게 꾸려나간다. 그런데 뜻밖
의 사건에 개입하면서 조용하기 그지없던 일상이 깨어지고 당대의
정치적·사회적 상황에 연루되기 시작한다. 오랜 친구인 빌리모리아

로힌턴 미스트리는 독립 이후의 인도가 민주주의의 방향으로 나아가지 않고 내셔널리즘의 방향으로 엇나가는 것을 소수 종교의 입장에서 비판함으로써 식민지에서 해방된 이후의 아시아 사회가 겪는 문제점들을 예리하게 묘파하고 있다. 파르시 출신이었던 그는 결국 인도 사회의 억압을 견디지 못하고 캐나다로 이주하여 작품 활동을 하고 있는데, 『그토록 먼 여행』은 그의 첫 장편소설이다.

가 갑자기 사라진 이후에 보내온 편지 한 통과 6백만 루피의 돈 부탁이다. 친구의 부탁이라면 어떠한 위험이 도사리고 있다 하더라도 들어주어야 한다는 의리를 가진 구스타드는 시킨 대로 하지만 이 일로 인하여 그의 인생은 당대 정치적 구조에 얽혀 들어간다. 정보국 요원으로 일하면서 파키스탄의 저항 세력을 돕는 것이 애국이라고 생각하는 빌리모리아는 인디라 간디 총리의 돈 심부름을 주저 없이 행하면서 친구에게까지 부탁한다. 은행으로부터 받은 이 돈들이 모두 파키스탄의 저항 세력을 돕기 위한 애국적 충정에 사용될 것이라고 믿었기 때문에 양심의 가책 없이 적극적으로 행할 수 있었다. 하지만 그러한 애국적 명분과는 달리 인디라 간디의 개인적 정치 자금으로 착복된다는 것을 알고는 자신과 친구들의 몫으로 돈을 빼내려다가 결국 더 큰 권력의 책략에 걸려들어 감옥에 가서 죽는다. 오로지 친구를 돕는다는 인정에서 시작하였던 구스타드는 빌리모리아가 겪은 전 과정을 알게 되면서 부패한 국가권력과 맞서게 된다.

이 작품은 실제로 일어난 사건을 허구화한 것이다. 인디라 간디 총리의 전화를 받고 6백만 루피의 돈을 다른 계좌로 보내준 은행원이 총리의 비서에게 영수증을 받으러 갔다가 그런 일이 없었다는 것을 알게 된다. 그리고 정보부의 나가르왈라 대령이 인디라 간디의 목소리를 흉내 내고 저지른 것으로 밝혀진다. 그 후 돈의 행방이 묘연해지자 조사가 이루어졌고 조사관마저도 교통사고로 죽는다. 나가르왈라는 4년형을 받아 옥중에서 사망한다. 인도인들은 이것이 인디라 간디 총리의 짓이라고 믿게 되었다. 미스트리는 이 작품에서 나가르왈라를 빌리모리아로 등장시키고 있다.

작가는 독립 이후 인도 사회의 내셔널리즘화의 시발을 1962년 인도·중국 간의 전쟁으로 보고 있다. 독립 이후 간디의 유지를 이어받아 총리가 된 네루가 과거 민족 해방의 영예 속에서 민주주의적이고 자율적인 인도를 만들기 위하여 노력하였던 것은 잘 알려져 있다. 그런데 시간이 지나면서 네루를 비롯한 국민회의는 내셔널리즘으로 기울면서 과거의 영예를 손상시키는 잘못을 저지르게 된다. 그것의 시발이 바로 중국과의 전쟁 이후 네루가 보여준 일련의 독단적 행동이다. 작가는 다음과 같이 적고 있다.

그러나 너나없이 중국과의 전쟁으로 자와할랄 네루의 마음이 얼어붙었고, 결국에는 부서졌다는 것을 알고 있었다. 그는 저우언라이의 배신으로부터 결코 회복될 수 없었다. 인도가 가장 사랑하는 선생님, 모든 사람의 아저씨, 불굴의 인도주의자, 위대한 공상가였던 네루는 증오로 가득 찼고 악의에 불탔다. 그는 이제 어떤 비난도 참지 않았고 어떤 충고도 받아들이려고 하지 않았다. 비록 중국과의 전쟁 이전에도 독단적이고 심술궂은 기질이 보이긴 했지만, 철학과 꿈에 대한 갈망을 완전히 상실한 네루는 자신을 정치적 음모와 내부 투쟁에 내맡기고 말았다. 그의 정치적 고통의 원인이었던 사위와의 불화는 널리 알려져 있었다. 네루는 페로즈 간디가 정부의 부정을 폭로한 일을 결코 용서하지 않았다. 한때 핍박받고 가난한 사람들을 옹호하며 보호하는 역할을 열정적이고 성공적으로

해냈던 그는 이제 그런 일을 하는 사람들을 곁에 두지 않았다. 네루의 단 한 가지 관심사는 자신을 진심으로 사랑하는 유일한 사람이며 자신과 함께하기 위해서 쓸모없는 남편까지도 버렸다고 믿었던 사랑스러운 딸 인디라가 자신의 뒤를 이어 총리가 되도록 하는 것이었다. 저우언라이의 배신으로 돌이킬 수 없이 파괴되고 암울해진 그의 낮과 밤, 밤과 낮은 이러한 편집증적인 집착에 사로잡혔지만, 전쟁이 끝나자 창문에서 종이를 걷어 낸 도시에는 다시 빛이 찾아들기 시작했다.16)

네루의 딸 인디라 간디의 총리 취임은 1971년 파키스탄과의 전쟁에서 이김으로써 빛을 발하는 것처럼 보였다. 이 전쟁은 1965년 카슈미르 지역을 둘러싼 충돌에서 인도가 파키스탄에게 패배했던 것과 대조되어 인디라 간디의 정치적 입지를 한층 강화시키는 것처럼 보였다. 그러나 외적으로는 각광을 받았지만 내적으로는 국민 동원으로 인하여 민주주의가 상실해가고 있음을 작가는 말하고 있다. 이 작품에서 빌리모리아 사건은 이것의 극적인 표현이다. 작가는 주인공 구스타드와 빌리모리아가 오해를 푸는 장면을 통하여 당시 이 일이 인디라 간디 정부의 내셔널리즘적 폭력이 빚어낸 야만의 소치였음을 보여준다.

지미가 침묵하자 구스타드는, 그가 자신의 반응을 알고 싶어 한다는 것을 감지했다. "지미, 내가 무슨 말을 하겠나? 자네가 이런

---

16) 로힌턴 미스트리, 『그토록 먼 여행』, 손석주 옮김(아시아, 2011), 27~28쪽.

고통을 겪었는데. 변호사들이나 신문사들에 백만 루피에 대한 진실을 말하면 안 될까? 그리고 이 모든 빌어먹을 부패한……."

"구스타드, 시도해 봤네. 모든 게 그들의 손아귀에 들어가 있어……. 사법부는 그들의 호주머니 속에 들어 있고. 단 한 가지 방법은…… 죽은 듯이 4년을 복역하고…… 잊어버리는 거야."

"모두들 부패가 있다는 건 알고 있지만," 구스타드가 말했다. "설마 이 정도였어? 믿기 힘들군."

"구스타드, 권력층이 저지르는 일은 보통 사람이 상상하는 것 이상이야."17)

거대한 국가권력 앞에서 무력해지고 마는 개인을 통하여 작가는 인도가 얼마나 내셔널리즘화되고 있는지를 극명하게 보여주고 있다. 미스트리는 인디라 간디 총리가 부패해가는 인도를 호도하기 위하여 온갖 방법을 사용함으로써 오히려 내셔널리즘이 더욱 강화되어갔음을 보여준다.

미스트리가 독립 이후 인도의 내셔널리즘화를 비판할 수 있었던 것은 그 자신이 인도의 소수종족인 파르시라는 점이 크게 작용한 것으로 보인다. 파르시는 잘 알려져 있는 것처럼 8세기 무렵 페르시아에서 아랍의 침략과 이슬람화를 피하여 인도 서북부 지역으로 이주한 종족이다. 그들은 이슬람과 힌두의 충돌로 남아시아가 파키스탄과 인도로 나누어진 후에 인도 특히 뭄바이 지역을 중심으로 생활하였다. 독립 이후 시간이 지나면서 힌두 내셔널리즘이 강화되자 소수

17) 같은 책, 456쪽.

종족으로서의 억압을 느끼기 시작하였다. 독립 이후의 인도의 폭력은 힌두 내셔널리즘과 궤를 같이하면서 진행되었기 때문에 파르시 출신의 미스트리는 힌두 내셔널리즘의 전횡을 통하여 이를 어렵지 않게 감지할 수 있었던 것으로 보인다.

그가 소수종족 출신이기에 인도의 내셔널리즘화에 더욱 민감해질 수밖에 없었던 것은 『그토록 먼 여행』에서도 잘 드러난다. 주인공 구스타드는 파르시 공동체에 살고 있는 파르시인이다. 그렇기 때문에 다른 친구들이 자신들의 종교를 우월하다고 말할 때 정면으로 반박할 정도로 자신의 종족적 정체성을 잘 알고 지키려고 한다.

> 말콤에 따르면, 기독교가 인도에 건너온 것은 1,900년 전 사도 토머스가 어부들이 살던 말라바르 해안에 상륙하면서부터였다고 한다. "너희 조로아스터교 조상들이 7세기에 페르시아에서 이슬람교도로부터 도망쳐 오기 훨씬 전의 일이지." 말콤이 놀렸다.
>
> "그럴지도 모르지." 구스타드가 대답했다. "하지만 우리의 예언자 자라투스트라는 너희들의 신의 아들이 태어난 것보다 1,500년도 더 전에 살았어. 석가모니보다는 1,000년 앞섰고, 모세보다는 200년 전이지. 조로아스터교가 유대교, 기독교, 이슬람교에 얼마나 많은 영향을 끼쳤는지 알고 있어?"
>
> "알았어, 친구, 알았다고! 내가 졌어." 말콤이 웃으며 말했다.[18]

구스타드는 자신의 종교만이 우월하다고 주장하지는 않는다. 단지

---

18) 같은 책, 48~49쪽.

자신의 종교도 다른 종교와 마찬가지로 인정받기를 원할 뿐이다. 그런데 인도의 힌두 내셔널리즘이 강화되면서 그러한 소망은 어려워진다. 그가 같은 공동체에 속한 친구 딘쇼지와 나누는 다음의 대화에서 인디라 간디가 집권한 이후 내셔널리즘이 강화되었고 이로 인해 소수종족인 파르시들이 큰 피해를 보고 있음을 알 수 있다.

"그렇지. 좋은 시절이었지. 정말 재밌었어." 딘쇼지가 손으로 입가의 맥주 거품을 닦았다. "당시에는 파르시 사람들이 은행계의 왕이었어. 우리가 정말 존경받았는데 말이야. 지금은 분위기가 전혀 달라져 버렸어. 인디라 간디가 은행을 국유화하고 나서부터 말이야."

구스타드가 딘쇼지의 잔을 채웠다. "세상 어디에 국유화가 성공한 곳이 있나? 바보들 이야기는 해서 뭐하겠나."

"아냐, 영리한 여자야." 딘쇼지가 말했다. "표를 얻는 전술이지. 자신이 가난한 사람들 편에 있다는 걸 보여 주려는 거야. 그 여자는 항상 음모를 꾸민다니까. 그 여자 아버지가 총리였을 때 그 여자를 국민회의당 총재로 만들어 준 거 기억나지? 그 즉시 그 여자가 마하라시트라 주를 분리하자는 주장에 적극 동조했잖아. 그 여자 때문에 얼마나 끔찍한 유혈 사태가 벌어지고 폭동이 일어났나. 지금도 빌어먹을 쉬브 세나 놈들이 우리를 이등 시민으로 만들려고 하잖아. 이 모든 일이 그 여자가 인종차별주의자 놈들을 부추겨서 생긴 일이라는 걸 잊으면 안 돼."19)

19) 같은 책, 69쪽.

1960년 마라티어를 사용하는 힌두인들이 봄베이 주에서 갈라나와 마하라시트라 주를 새로 만든 배후에 인디라 간디가 있음을 작가는 놓치지 않는다. 구스타드는 힌두 내셔널리즘하에서 소수종족으로 살아간다는 것이 얼마나 어려운가를 알고 있기에 아들을 누구도 해칠 수 없는 안정적인 자리인 기술자로 만들고 싶어 하지만 아들은 이를 거부한다. 아들 소랍과 한바탕 다툰 후 구스타드가 혼잣말처럼 하는 다음 대목은 소수종족으로서의 어려움을 잘 표현하고 있다.

> 소랍은 어떤 삶을 살고 싶은 걸까? 파시즘을 신봉하는 쉬브 세나 정치와 마라티 어 허튼소리가 존재하는 곳에서는 소수 인종의 미래가 없다. 두 배의 능력이 있어야만 백인들의 절반을 얻어 낼 수 있는 미국의 흑인들과 같은 처지가 될 것이다.[20]

이처럼 미스트리는 파르시 출신이기 때문에 종교적·문명적 차원의 공존을 주장하고 인도 사회가 내셔널리즘으로 기울어지는 것을 적극적으로 막으려고 하였다. 인도의 소수종족으로서 미스트리는 독립 이후 인도 사회의 내셔널리즘화의 문제점을 누구보다도 예민하게 느낄 수 있는 위치에 있었기에 네루와 그의 딸 인디라 간디가 집권하던 1970년대의 인도 사회를 비판적으로 그려낼 수 있었다.

---

20) 같은 책, 96쪽.

3. 내셔널리즘의 파탄과 민중 연대로서의『적절한 균형』

미스트리의 두 번째 장편소설『적절한 균형』(1995)은 1975년부터 1985년까지를 다루고 있지만 국가비상사태가 선포되었던 1975년을 주요 배경으로 하고 있다.『그토록 먼 여행』이 인디라 간디가 외형적으로는 국가를 성공적으로 이끈 것처럼 보였던 1971년의 시점을 배경으로 내셔널리즘화의 문제점을 다루었다면,『적절한 균형』은 인디가 간디 정부가 위기에 처한 1975년을 배경으로 내셔널리즘의 파탄을 다루고 있다. 이 작품에서 작가는 파르시 공동체에 머물렀던 자신을 인도의 민중에게로 확장함으로써 더욱 넓은 전망을 확보하게 된다.

이 작품은 국가비상사태라는 내셔널리즘의 정점을 다루고 있기에 인디라 간디가 국민 동원을 위하여 대중 집회를 하는 장면과 연설이 자주 등장한다.

> 국가비상사태가 선포됐다고 해서 걱정할 것 없습니다. 악의 세력과 싸우는데 필요한 수단일뿐입니다. 일반 시민들을 위해서는 더 좋은 일입니다. 오직 사기꾼들 밀수업자들 암상인들만이 걱정을 해야 할 겁니다. 우리가 곧 그들을 감옥에 쳐 넣을 테니까요. 그리고 일반 시민들을 위한 계획들을 도입하기 시작하자 벌어진 파렴치한 음모에도 불구하고 우리는 성공하고 말 것입니다. 우리에게 반대하는 외국 세력이 있으며 우리가 번영하기를 원치 않는 적들이 있습니다.

인도 정부를 반대하는 외국 세력을 상정하고는 이를 자신의 부패와 독재를 정당화하는 수단으로 삼으려고 하는 것을 엿볼 수 있다. 내셔널리즘의 전형적인 수법이 인도의 민주주의를 가로막고 있는 셈이다. 이러한 내셔널리즘의 폭력은 일상에까지 강한 영향을 미쳤다. 영화관에서 힌두이즘을 고취하는 애국가를 끝까지 듣지 않는 이들에게 힌두 내셔널리스트들이 폭력을 가할 정도이다.

> 영화는 생각보다 늦게 끝났다. 영화가 끝나고 제작자들의 이름이 올라가자 그들은 영화 음악을 다시 한 번 듣고 싶어서 통로를 천천히 걸으며 쉽게 떠나지 못했다. 그때 갑자기 펄럭이는 국기가 화면에 등장했다. "우리나라 만세" 하고 애국가가 시작되자 사람들이 출구를 향해 몰려갔다.
>
> 그러나 밖으로 나가던 관객들은 장애물을 만났다. 문을 지키고 있던 시브 세나 단원들이 길을 막았다. 왜 사람들이 멈췄는지 모르는 뒤에 있던 사람들이 소리를 지르기 시작했다. "좀 비켜요! 세상에, 좀 비키라고요! 아저씨, 좀 갑시다! 영화 끝났어요!"
>
> 그러나 앞에 있던 사람들은 시브 세나 단원들이 흔들고 있는 몽둥이와 구호들 때문에 겁이 나서 움직일 수가 없었다. 애국가를 존중하라! 당신의 모국은 국가비상사태 동안 당신을 필요로 한다! 애국심은 성스러운 의무다! 등의 구호들이 적혀 있었다. 화면에서 국기가 사라지고 불이 켜지기까지 아무도 밖으로 나갈 수 없었다.[21]

애국주의의 수사를 걸치고 나온 인도의 내셔널리즘은 이처럼 일

---

21) 로힌턴 미스트리, 『적절한 균형』, 손석주 옮김(아시아, 2009), 413~414쪽.

상의 민주주의마저 억압하는 쪽으로 한층 강화되어갔지만 모든 인도 인들이 이에 대해 반감을 가졌던 것은 아니다. 오히려 파워 엘리트 들은 인디라 간디의 내셔널리즘을 옹호하고 지원하는 양상마저 내보 였다. 반면 소수 종교 출신의 사람들을 비롯하여 인도의 민중들은 민주주의를 갈망하였기에 인디라 간디 주도하의 내셔널리즘을 극도 로 경계하였다. 따라서 인도에서는 계급에 따라 내셔널리즘을 바라 보는 입장이 달라지기 시작하였다. 상류 부유층은 내셔널리즘을 적 극 옹호하면서 이를 변호한다.

지난 일주일 동안 빠져나와 있던 지저분한 파마머리를 바로잡고 원상 복귀 시킬 참이었다.

그것만으로도 굽타 부인은 충분히 행복할 수 있었지만, 더 좋은 소식이 있었다. 그녀의 삶에서 작은 골칫거리들도 사라지고 있었던 것이다. 즉, 어제 총리가 국가비상사태를 선포한 덕분에 대부분의 야당 의원들과 함께 수천 명의 노동조합원들, 학생들, 그리고 사회 운동가들이 구속되었다. "좋은 소식 아녜요?" 그녀는 기뻐서 활짝 웃었다.

디나는 미심쩍었지만 고개를 끄덕였다. "그런데 그 여자가 부정 선거를 저질렀다고 법원에서 유죄 판결을 내리지 않았나요?"

"아뇨! 절대 그렇지 않아요. 그건 다 헛소리예요. 항소할 거예요. 그리고 이젠 총리를 부당하게 비난했던 작자들이 감옥으로 갔으니 더 이상 파업도, 시위도, 어리석은 소동도 없을 거고요."[22]

---

22) 같은 책, 108~109쪽.

이러한 태도에 맞서 민중들은 국가비상사태가 명백하게 인디라 간디의 권력욕에서 빚어진 것이며 이는 독립 이후의 인도의 민주주의에 심각한 타격이라고 생각하기 시작하였다. 자신들이 나서서 민주주의를 지키지 않으면 인도의 내일은 매우 암울해질 것이라고 보았기에 적극적으로 저항하는 이들이 나오기 시작한 것이다.

"3주 전 고등법원에서 총리가 지난 선거에서 부정을 저질렀다고 유죄 판결을 내렸어. 그러니까 그 여자가 물러나야 한다는 거였지. 하지만 그 여자는 교묘하게 시간을 벌기 시작했어. 그래서 야당들, 학생회들, 노조들이 전국적으로 대규모 집회를 벌였지. 그 여자에게 사임하라고 촉구했어. 그러자 권력을 놓기 싫었던 그 여자는 국가의 안전이 내부의 소란으로 위협받고 있다고 주장하면서 국가비상사태를 선포한 거야."[23]

국가비상사태로 대표되는 인도의 내셔널리즘화에 대한 이러한 상반된 태도가 계급적 문제와 깊은 관계가 있다고 보는 작가의 시선은 이전에 비해 한층 넓어진 것이다. 앞서 『그토록 먼 여행』에서는 인도의 내셔널리즘화에 대한 비판을 소수 종교인 파르시의 입장에서 행하였을 뿐이었다. 그렇기에 작가는 이 작품에서 계급 문제를 적극적으로 끌어들이고 있다. 인도의 힌두 내셔널리즘화로 인하여 큰 피해를 보고 있는 이들이 파르시와 같은 소수 종교에 속하는 이들이라

---

23) 같은 책, 357~358쪽.

인도의 독립에서 가장 큰 역할을 하였던 사람 중의 하나였던 네루는 1962년 중국과의 분쟁 이후 내셔널리즘의 국민 동원으로 급속하게 빠지면서 자기 딸을 수상에 앉힐 정도로 타락한다. 네루의 딸 인디라 간디는 부패상을 은폐하기 위하여 국가 비상사태를 선포하는데, 로힌턴 미스트리는 이것을 배경으로 내셔널리즘의 강화 속에서 점차 소외되어가는 이들을 재현한다. 낡은 것으로 치부되던 발자크의 수법을 그대로 따른 이 소설로 로힌턴 미스트리는 세계적인 명성을 얻는다.

는 것은 더 말할 나위 없다. 그렇기 때문에 작가는 『그토록 먼 여행』에서 파르시의 입장에서 인도의 내셔널리즘화를 비판하였던 것이다. 그런데 이것만으로는 인도의 현실을 설명하기에 부족하다는 것을 작가는 잘 알고 있다. 파르시 가운데에서도 계급에 따라 국가비상사태와 같은 내셔널리즘화에 대한 입장에 차이가 있다는 것을 알기 때문이다. 인도의 내셔널리즘화를 철저하게 비판하기 위해서는 종교적인 소수자의 문제에 그치지 말고 이를 계급과 연계시켜 이해하여야만 한다는 것을 작가는 인식하고 있는 것이다. 한 인도 학자는 파르시가 과연 식민지 이후의 인도 사회에서 피억압층이 될 수 있는가에 대해서 아주 논쟁적으로 이야기하고 있을 정도이다.

파르시교도가 영국 식민지 시기에 부를 축적한 이유는 그들이 제국 권력과 인도 사람들 사이의 중재자 역할을 했다는 사실에서 찾을 수 있다. 그러나 파르시교도 다수는 앞 장에서도 이야기했듯이 계속 식민지 통치자들과 밀접한 관련을 맺었지만, 아주 강력한 영향을 발휘했던 소수의 파르시교도는 인도의 반식민지 자유 투쟁에서 적극적으로 활동했다. 다다바이 나오로지와 M.M. 보우누그리는 영국 의회 최초의 인도 의원이 되어 그곳에서 인도의 이해관계를 대변했다. 나오로지는 또 인도 국민회의의 창립자 가운데 한 사람이기도 하다. 피로즈샤 메타는 뭄바이의 시장이 되어 영국 행정부와 정면으로 대립했으며, 이 화려한 투쟁은 분명한 기록으로 남아 있다. 비카지 카마는 영국 라지에 의해 추방당한 급진적 혁명가였으며, 어떤 국제 포럼에서 첫 인도 국기를 펼치는 공을 세웠다.

따라서 식민지 시기에, 많은 파르시교도가 영국인에게 동조하기는 했지만, 일부는 자신을 민족주의적인 인도인으로 상상하기 시작했던 것이다.

이런 민족주의자라는 꼬리표는 식민지를 벗어난 인도에서 파르시교도 대부분에게 큰 도움이 되었다. 일부 인도인은 파르시교도가 "식민지의 들러리"라는 지위에 있었다고 기억했지만, 대부분은 나오로지나 카마 같은 파르시교도의 민족주의적 명성 때문에 그들을 용서하고 인도인으로 받아들이려 했다. 파르시교도는 탈식민지 인도에서 식민지 엘리트로서 누렸던 지위를 누리지는 못했지만, 그렇다고 하위 집단이라고 할 수는 없었다. 인도 공동체들 가운데 가장 부유하다는 소문은 옛말이 되었고 실제로 오늘날에는 그들 가운데 정말 가난한 사람들도 있지만, 그럼에도 파르시 판차야트가 관리하는 아주 큰 규모의 신탁 기금은 복지 제도, 과부에게 주는 보조금, 장학금, 보조금을 제공하는 주택 단지—미스트리의 단편집에 나오는 피로즈샤 단지(단편집 제목이기도 하다)처럼—등의 형태로 완충 장치 역할을 한다.

이런 배경을 고려할 때 파르시교도가 종족정체성을 주장할 수 있을까? 종족이라는 말이 붙는 것이 억압당한다는 뜻이고, 피해자들의 문화 안에서 산다는 뜻이라면, 파르시교도를 소수종족이라고 부를 수 있을까?[24]

이처럼 파르시 자체는 힌두이즘이 주도하고 있는 인도 사회에서 종교적으로는 억압받는 층이라고 할 수 있지만 경제적으로 꼭 그렇

---

24) 닐루퍼 바루차, 「종족의 울타리, 초민족적 공간, 다문화주의」, 『아시아』 2009년 여름호, 138~139쪽.

지 않음을 보여주고 있다. 분명 파르시가 겪는 종교적 억압은 다른 하위층을 이해할 수 있는 하나의 중요한 통로임에는 분명하지만 그것을 독립적으로 떼어놓고 이해할 경우 추상화될 수 있음을 말하고 있는 것이다. 그렇기 때문에 작가는 이 작품에서 다른 종교적 배경을 갖고 있는 네 사람의 하층민의 삶을 통하여 인도의 내셔널리즘화를 비판하는 새로운 접근법과 시야를 확보하게 된다.

네 명의 인물 중에서 구심 역할을 하고 있는 이는 파르시 출신의 여인 디나이다. 디나는 파르시 공동체의 일원이었던 의사 아버지의 딸로 성장하였다. 하지만 아버지의 죽음으로 사회적 처지가 급속하게 나빠졌다. 게다가 자신의 주장대로 결혼한 남편이 3년 만에 사망하였기 때문에 처지가 더욱 나빠졌다. 부유층의 사람과 재혼하라는 오빠의 권유를 뿌리치고 홀로 서기 위하여 오빠의 집을 나왔을 때 그녀의 처지는 거의 바닥으로 떨어졌다. 오빠의 재혼 권유를 마다하면서 오빠와 나누는 다음 대화는 이러한 형편을 잘 보여준다.

"네가 파르시 공동체에 속해 있어서 얼마나 행운인 줄 모르니? 무식한 인간들은 과부들을 쓰레기처럼 내버려. 네가 힌두교도로 태어났다면 옛날 같았으면 화장용 장작더미로 뛰어들어서 남편과 함께 태워져야 했을 거다."

"오빠를 행복하게 할 수만 있다면 언제든지 침묵의 탑으로 가서 독수리들의 밥이 돼 줄게요."

"못된 것 같으니라고! 터진 입이라고 말을 함부로 하는구나! 그런 불경스러운 말을 하다니! 내 말은 네 처지에 감사하라는 소리야. 넌 재혼하고 자식들을 낳고 완전히 새로운 인생을 살 수 있어. 아니면 나한테 영원히 얹혀 살 걱정이냐?"

디나는 그 질문에 대꾸하지 않았다. 그러나 다음날 누스완이 일하러 간 사이에 그녀는 짐들을 다시 러스텀의 아파트로 옮길 준비를 했다.25)

오빠의 가부장적 태도하에서 살아가기보다 독자적으로 홀로 서기를 하려고 하는 디나로서는 그 어떤 험난함도 감수해야만 하는 입장이었다. 그녀의 독립은 다른 하위층과의 연대가 시작되는 지점이었다.

그녀는 처음에 독립하였을 때 막막하여 외로움에 떨었지만 친구의 소개로 재봉일을 하게 되면서부터는 다른 사람들과의 새로운 소통을 시작하게 되고, 세 사람을 집에 끌어들인다. 한 사람은 하숙을 하는 파르시 출신의 마넥이다. 마넥은 동창생의 아들이다. 히말라야 지대에서 태어나 인도의 대도시에서 학교를 다니던 그는 기숙사가 싫어 이 집에 하숙을 한다. 다른 두 사람 이시바와 그의 조카 옴프라카시는 힌두의 불가촉천민 출신으로 카스트의 천직이었던 가죽세공일을 그만두고 재봉일을 배워 대도시에 진출하였다.

디나가 마넥을 대하기는 매우 쉽다. 우선 그가 자신과 같은 파르시 공동체의 일원이기 때문이다. 디나로서는 다른 종교에 속한 사람들보다 자신에게 익숙한 종교적 공동체에 속한 사람들을 대하기가

---

25) 로힌턴 미스트리, 『적절한 균형』, 82쪽.

더 편한 것이다. 하지만 이시바와 옴프라카시는 사정이 다르다. 이들은 힌두교 공동체에 속해 있기 때문에 풍습이 매우 달라 쉽게 친하기 어렵다. 또한 마넥과 달리 이들은 자신이 고용한 사람들이기 때문에 일부러라도 일정한 거리를 두려고 하는 것이다. 만약 이시바와 옴프라카시가 자신이 거래하는 사업처를 알아 직접 거래한다면 자신의 사업은 그날로 날라가버리는 것이기 때문이다. 바깥 사업처에 나갈 때에는 밖에서 문을 잠그고 이들이 자기를 따라오지 못하게 할 정도로 이 문제에 예민하다. 마넥은 디나와 이들 불가촉천민들 사이의 소통과 화해를 위하여 애쓰지만 디나는 완강하게 자신의 견해를 접으려고 하지 않는다.

"미안하다고 모든 게 다 괜찮아지는 줄 아니? 넌 뭐가 문젠지 몰라. 난 저 사람들한테 유감없다. 하지만 저 사람들은 재봉사들이고 내 밑에서 일하는 사람들이야. 거리를 둬야 한다고. 넌 파록과 아반 콜라의 아들이야. 저 사람들의 공동체와 너의 배경에는 엄연히 차이가 존재하고, 그게 존재하지 않는 척할 순 없다고."

"하지만 저희 어머니와 아버지께서는 상관 안 하실 거예요." 그는 자신이 그렇게 키워지지 않았으며, 부모님이 모든 사람들과 잘 어울리라고 가르쳤다고 설명했다.

"그래서 너는 지금 내가 편협하다고 말하는 거니? 네 부모는 넓은 마음을 가진 현대적인 사람들이고?"

그는 말싸움에 지쳤다. 그녀는 합리적으로 보이다가도 다시 터무니없는 말을 했다. "저 사람들이 그렇게 좋으면 아예 짐을 싸서 같

이 살지 그러니? 네 엄마한테는 편지를 써서 다음 달 방세를 어디
로 보낼지 금방 알려 줄 테니까.”26)

마넥이 이시바와 옴프라카시의 초청을 받아들여 그들의 집으로
가려고 하자 디나가 적극적으로 말리면서 나누는 대화이다. 디나는
마넥이 자기와 같은 파르시 공동체의 일원이기 때문에 모든 것이 익
숙하고 편하고 안심되지만 힌두 불가촉천민 출신인 이시바와 옴프라
카시에 대해서는 낯설기 때문에 불안을 감추지 못하고 있는 것이다.
단순히 고용주와 고용인이라는 위계만으로 이러한 불안정한 관계가
형성되는 것은 아니다. 그런 점에서 파르시 조로아스터교와 힌두 사
이의 종교적 차이에 경계를 정하는 이들을 작가는 놓치지 않는다.
하지만 마넥의 끝없는 중개와 설득으로 디나는 자신의 마음을 조금
씩 풀기 시작한다. 더욱이 일상의 삶을 같이 나누면서 종교적 차이
에서 비롯되는 다른 생활방식을 조금씩 이해하기 시작한다.

저녁 동안 디나는 재봉사들의 움푹 팬 여행 가방을 계속 살폈다.
그러한 행동을 재밌어 하면서 지켜보던 마넥은 얼마나 오랫동안 그
녀가 계속 그렇게 할지 궁금했다. “이제 행복하니?” 저녁 식사 후에
그녀가 물었다. “이제 내 친절이 상처가 돼서 돌아오는 일이 없도
록 기도해라.”
“너무 걱정 마세요. 그게 어떻게 상처로 돌아오겠어요?”
“내가 또 처음부터 설명해야겠니? 내가 그렇게 한 건 단지 그 불

---

26) 같은 책, 426~427쪽.

쌍한 빼빼 마른 재봉사가 저 찌그러진 여행 가방처럼 보여서 그랬던 거야. 넌 내가 그 사람들한테 몰인정하고 그 사람들의 문제들에 대해서 신경도 안 쓴다고 생각하지? 내가 이런 말 하면 이상하게 생각할지도 모르지만 그 사람들이 저녁에 떠나고 나면 보고 싶어져. 그들이 이야기하고 재봉 작업하고 농담하는 게 말이야."

마넥은 전혀 이상하게 생각지 않았다. "내일은 옴의 팔이 나았으면 좋겠어요." 그가 말했다.

"걔가 아픈 척하는 게 아닌 건 확실해. 진통제를 바를 때 걔 근육이 움직이는 걸 보니까 알겠더라. 난 이전에 마사지를 좀 해봤거든. 남편에게 만성 요통이 있었지."27)

디나는 이제 파르시와는 전혀 다른 종교적 배경을 갖고 있는 힌두 불가촉천민 출신의 재봉사들을 이해하는 것을 넘어서 그리워하기까지 한다. 자신이 느끼는 고독의 허전함을 오히려 그들이 메워주고 있는 형편이다.

디나는 바뀌어가지만 옴프라카시는 여전히 디나에 대한 불신이 강하다. 디나가 보여주는 호의를 자신들을 이용하여 돈을 벌려고 하는 세속적 욕망에서 비롯된 것으로 본다. 예전의 비참했던 처지를 생각하면 현재 이러한 돈이라도 버는 것이 행운이라고 생각하는 이시바와 달리 옴프라카시는 자기 아버지 나라얀처럼 항상 현재를 개선하려고 하는 열망으로 가득 차 있기에 디나를 경계하고 마음을 주지 않았다. 하지만 국가가 부랑자들을 잡아다가 강제노역을 시키고

---

27) 같은 책, 463~464쪽.

비인간적인 대우를 하는 과정에 휘말려 곤경을 치르고 난 다음 옴프라카시도 디나를 이해하기 시작하고 고마워한다. 마넥의 중재가 결실을 맺은 것이다.

타고르는 영국 제국주의 지배하에서 구미 제국주의를 비판하고 이와 동시에 이의 대응으로 나온 모방된 오리엔탈리즘으로서의 내셔널리즘에 대해서도 가차 없이 공격하였다. 타고르는 언젠가는 인도가 독립할 것이고 그 후에 내셔널리즘으로 기울 것을 걱정하였기에 내셔널리즘에 대해서는 더욱 엄정하게 비판하였던 것이다. 그리고 독립 이후의 인도가 급속하게 내셔널리즘에 기울자 파르시 출신의 작가 로힌턴 미스트리가 이러한 폭력을 비판하고 나선 것이다. 힌두였던 타고르와 파르시였던 로힌턴 미스트리는 그 종교적 차이에도 불구하고 같은 길을 걸은 셈이다. 독립 이전에는 타고르가, 독립 이후에는 로힌턴 미스트리가 구미 제국주의의 모방인 인도의 내셔널리즘을 비판하였다. 이 두 사람은 모방된 오리엔탈리즘으로서의 내셔널리즘이 궁극적으로 구미 제국주의의 이데올로기인 오리엔탈리즘의 자장어서 크게 벗어난 것이 아님을 잘 알고 있었던 것이다.

FRANCISCO SANDUETA
LUCIANO
DEOGRACIAS
PEDRO A
Global Wor

제 2 부

동남아시아

프라무댜 아난타 투르

1. 구제국주의의 오리엔탈리즘과
전도된 오리엔탈리즘 사이에서

동남아시아는 아시아 지역에서 매우 특이한 위치를 점하고 있다. 서아시아와 남아시아가 주로 구미 제국주의—유럽의 구제국주의이든 미국의 신제국주의이든—영향권하에 놓여 있던 것과 달리, 동남아시아는 구미 제국주의는 물론이고 일본 즉 아시아의 제국주의도 동시에 경험하였기 때문이다. 구미 제국주의는 '문명화'와 '민주주의'를 내걸었고, 일본 제국주의는 '아시아인을 위한 아시아'를 표방하였다. 그 교차점에 동남아시아가 서 있었기 때문에 구미 오리엔탈리즘과 아시아 오리엔탈리즘의 충돌을 직접 경험하게 되었기에 이 속에서 살아온 작가들은 첨예한 문제의식을 갖게 되었다.

　잘 알려져 있는 것처럼 인도네시아는 구제국주의의 하나인 네덜란드의 지배를 오랫동안 받았다. 네덜란드는 스페인, 포르투갈, 영국,프랑스 등과 마찬가지로 식민주의 개척에 나섰고 그 와중에 동남아의 보물이라 할 수 있는 인도네시아를 식민지로 삼아 지배하였다. 영국의 공업화 이후 다른 유럽 국가들도 공업자본주의에 기초한 제국주의로 전화할 때 네덜란드도 제국주의적 면모를 갖추고 인도네시아를 지배하였다. 노예 노동보다는 시장의 값싼 노동력을 활용하여 인도네시아를 지배하는 방식으로 전화하였다. 단순히 인도네시아에서 필요한 자연자원을 가져와 무역을 통해 이익을 남기는 방식을 넘어 원자재 공급처와 상품 시장으로 인도네시아를 지배하게 되었다. 식민주의적 방식을 넘어서 제국주의적 지배 방식을 택하면서 이전과는 다른 면모를 보여주었지만 기본적으로는 총독부를 설치하여 직접적으로 통치를 하는 구제국주의적 방식에서 벗어나지는 못하였다.

　태평양전쟁 시기 일본이 구제국주의인 네덜란드를 축출하고 새로운 지배를 하게 되면서 인도네시아는 ‘문명화’를 내세우는 유럽의 오리엔탈리즘과 ‘아시아부흥주의’를 내세우는 일본의 전도된 오리엔탈리즘 즉 반서방주의 사이에 끼이게 된다. 특이한 역사적 방식을 경험하면서 인도네시아 지식인들의 문제의식은 첨예화될 수밖에 없었으며 특히 작가들이 가장 예민하게 반응하였다. 20세기가 되었음에도 구제국주의의 지배 방식을 탈피하지 못하던 네덜란드는 일본의 선전 앞에서 인도네시아 인민들을 설득하는 데 실패할 수밖에 없었다. 인종론에 호소하는 일본 제국주의의 반서방주의 논리 앞에서 네덜란드의 구제국주의 지배의 설득력이 떨어졌다. 하지만 일본 역시 여전히 구제국주의 방식을 취하고 있었기에 네덜란드와의 결정적 차이를 보여주는 데 실패하였다. 결국 일본 제국주의도 인종론에 호소하면서 인도네시아 지배를 정당화하려고 하였지만 구제국주의의 일원인 네덜란드를 넘어설 만한 새로운 제국주의 방식을 창출하지 못하였기 때문에 결정적으로 인도네시아인들을 포섭하지는 못하였다.

따라서 이러한 두 제국주의의 충돌은 인도네시아인들에게는 새로운 기회였다. 이 둘을 잘 활용하면서 결정적으로 제국주의의 덫에서 벗어날 수 있었기 때문이다. 프라무댜 아난타 투르는 바로 이러한 역사적 조건 속에서 인도네시아의 인민들이 어디로 어떻게 나아가야 할지를 가장 깊이 고민한 작가라고 할 수 있다.

2. 구제국주의의 허구성

인도네시아에서 민족주의적 방식으로 반제국주의를 하기 시작한 것은 19세기 말과 20세기 초 이후부터이다. 인도네시아에서 민족주의가 생성된 것은 20세기 초이고, 민족주의가 저항의 거처 역할을 하기 시작한 것은 1920년대 중반 이후이다. 이 무렵에 이르러 자바어 등의 지역어 대신에 말레이어를 인도네시아어로 정하고 인도네시아인이라는 정체성을 표방하였다. 태평양전쟁 시기 일본이 점령하면서 인도네시아의 민족주의는 한층 강화되었다. 일본 점령 정부의 '아시아인을 위한 아시아'라는 선전 구호는 네덜란드에 저항하는 인도네시아 민족주의자들이 활용하기 좋은 것이었다. 인도네시아인들은 때로는 일본 제국에 협조하고 때로는 일본 제국으로부터 거리를 두면서 동상이몽의 협상을 펼쳐나갔다. 특히 인도네시아어 사용을 권장한 일본의 조치를 적극 활용하여 민족의식의 강화를 추구하였다.

일본의 패망 이후 재진주한 네덜란드와 맞서 싸워서 독립을 쟁취한 인도네시아는 이전과는 전혀 다른 상황을 맞이하였다. 스스로 정부를 만들고 국가를 운영해야 하는 위치에 서게 되었다. 강대국 외세의 입김을 받지만 이전 식민지 상황과는 전혀 다른 조건 속이었다. 특히 독립된 국민국가를 구성하고 있는 다양한 주체들의 의견을 모아 민주주의적으로 나라를 운영하는 것은 전에 없던 새로운 일이었다. 반제국주의의 영웅이었던 수카르노는 민중들이 주체가 되는 사회를 만들었고 또한 미국을 비롯한 강대국들의 요구를 적절하게 견제해나갔다. 그 과정에서 나라의 자원을 민중들의 삶을 풍요롭게 하는 데에 사용할 수 있었고 부패를 최소화할 수 있었다. 하지만 1965년 수하르토의 군부 쿠데타로 인해서 2백만에 가까운 사람들이 국가 폭력에 의해 희생되는 사태가 일어나면서 내셔널리즘이 기승을 부리기 시작하였다. 국가는 민중의 삶과 유리된 채 자원을 외국에 팔아 사익을 챙기는 부패한 권력자들로 가득 채워지면서 민중들은 소외된 삶을 살아야 했다.

　서구 및 일본의 제국주의와 내셔널리즘화가 저지르는 폭력에 대해 가장 근본적으로 비판을 행한 이가 바로 작가 프라무댜 아난타 투르이다. 네덜란드의 제국주의를 첨예하게 그려낸 작품이 '부루 4부작'이라고 일컬어지는 장편소설이다. 1965년 수하르토의 쿠데타 과정에서 '빨갱이'로 몰려 감옥에 갔고, 1969년부터 1979년까지는 부루 섬의 감옥에서 옥살이를 하였다. 부루 섬에 갇혀 생활하면서 그가 가장 깊게 고민한 것은 네덜란드의 제국주의가 끼친 영향이었다.

　1965년 10월에 수감된 이후 감옥 내 동료들에게 이야기를 들려줌으로써 소설의 틀을 짜기 시작한 그는 1973년 감옥 내 집필이 허용되자 기억을 되살려 2년 만인 1975년에 장편소설 '부루 4부작'을 완성하였다. 이 작품은 수하르토의 쿠데타를 경험하면서 국가 폭력의 연원을 역사적으로 탐구한 것이다. 제국주의자들의 침략 이후 이들에게 순응하면서 배운 것이 바로 강자에 대한 복종이었고 이것이 습관이 되어 국가를 비롯한 강자에 대해서는 그 어떤 저항도 하지 않게 됨으로써 자기긍정과 자율성에 기초한 민주주의는 자리를 잡지 못하게 되었다는 것이다. 인도네시아에서 반제국주의가 성장하기 시작하는 1900년부터 1920년대까지를 배경으로 하면서 그가 탐구한 것은 바로 저항과 순응의 역사이다. 특히 이 작품에서는 순응이 지배적인 현실에서 이를 극복할 수 있는 것은 자기 이외의 어떤 대상에 대해서도 스스로의 존엄성을 지켜나가는 의식과 태도임을 강조하고 있다. 작가 스스로 자바이즘(Javaism)[1]이라고 불렀던 삶의 태도,

즉 순응의 태도와는 대조되는 저항을 통한 자기존중 의식에 대한 탐구 방법이었다.[2] 저항의 약화와 순응의 강화가 독립한 이후에도 내셔널리즘의 폭력이 가능해지는 바탕이라고 보고 있는 것이다. 제국주의에 의해 야기된 억압에 인도네시아 민중들이 한편으로는 순응하고 다른 한편으로는 저항하는 과정을 통하여 서구 제국주의에 대한 비판을 강화한다. 이 작품에 등장하는 인물의 이름 '밍케'가 네덜란드인들이 인도네시아인을 '원숭이'라고 부른 데에서 연유하고 있음은 이를 잘 보여준다.

이 소설에 등장하는 인도네시아 '토착민' 밍케와 온토소로는 네덜란드 제국주의자들이 유포한 이데올로기를 극복하면서 자기존엄에 이르는 인물들이다. 하지만 이 두 인물이 자기존엄을 통한 저항에 이르는 과정은 매우 다르다.

전통적으로 자바에 살았던 부모 밑에서 태어났기에 유럽인을 비롯한 다른 종족의 피가 섞이지 않은 밍케는 '순수' 유럽 혈통이나 혹은 '혼혈인'들이 주를 이루고 있는 학교에 입학하여 유럽의 학문을 배우면서 평등과 자유를 체득하고 그 속에서 유럽의 제국주의

---

1) Andre Vltchek과 Rossie Indira가 프라무댜 아난타 투르와 면담한 기록을 바탕으로 Nagesh Rao가 편집한 『작가의 망명』, 여운경 옮김(후마니타스, 2011)에서 프라무댜 아난타 투르는 자바이즘에 대해서 다음과 같이 말하고 있다. "자바이즘은 강자에게 무조건 충성하고 복종하는 것으로 궁극적으로 파시즘으로 이어진다."
2) 작가는 '부루 4부작'의 마지막 편에 해당하는 『유리의 집』에서 저항운동을 하던 주인공 밍케를 화자로 내세웠던 것과 달리 저항운동을 하던 주인공을 잡아간 식민주의에 순응하면서 살아가는 협력 경찰을 화자로 내세워 작품을 써내려갔다. 이러한 구성을 취하면서 순응을 강조한 것은 자바이즘에 대한 작가의 역사적 관찰에서 연유한 것으로 볼 수 있다.

프라무댜 아난타 투르의 작품 중 가장 많이 읽힌 것이
이른바 '부루 4부작'인데 그 첫 권이 『인간의 대지』이
다. 감옥에서 구상하였다가 출옥 후 집필하여 완성한
이 작품에서 3백 년이 넘는 네덜란드 식민주의와 제국
주의에 대한 인도네시아인들의 저항을 다루고 있다.
베네딕트 앤더슨 등의 노력으로 일찍이 영어로 번역되
어 구미에서도 넓은 독자층을 갖게 되었다.

자들이 인도네시아인들에게 행하는 차별에 입각한 야만적인 태도를 목격한다. 그가 자기존엄을 통한 저항을 배우면서 유럽 제국주의자들을 비판하는 태도를 얻은 것은 역설적으로 유럽인들이 유럽의 학문을 가르치는 학교에서였다. 만약 그가 학교에 다니지 않고 집에만 있었다면 유럽 제국주의자들에게 순응하면서 지방 유지 행세를 하는 아버지를 그대로 되풀이할 가능성이 높았던 것이다. 이 학교에서 우등생이었던 그는 제국주의자들의 협력자가 될 수도 있었지만(실제로 식민주의 학교의 우등생들은 엘리트 협력자가 되는 것이 일반적인 현상이기도 하다) 반대로 저항하는 인물이 되었던 것이다. 유럽을 자기 식으로 전유하여 유럽의 제국주의를 비판하는 것이다. 실제로 독립운동을 주도한 수카르노의 경우도 이러한 과정을 거쳤다. 나게시 라오는 이러한 배경을 다음과 같이 설명하고 있다.

네덜란드 관료들은 현지의 교육과 생활수준을 향상시키고 경제체제를 근대적 자본주의로 변모시키는 방식으로 이 광대한 지역에서 벌어들이는 이익을 극대화할 수 있다는 논리에 설득되었고 미약하나마 점차 사회적 정치적 개혁을 도입하기 시작했다. 그러나 윤리 정책의 정치적 수사와는 달리 식민지 인구의 대다수는 네덜란드인과 인도네시아인 엘리트들에게 수탈당한 채 비참하게 생활하고 있었다. 예를 들어 1920년까지 고등교육기관에 등록된 인도네시아 학생의 수는 78명에 불과했다. 1930년에 성인 인도네시아인의 식자율은 7.4퍼센트에 머물렀고 발리나 롬복 같은 몇몇 지역에서 그 비율은 더욱 낮았다. 그럼에도 윤리 정책은 새로운 식자층 엘리트 그

리고 결과적으로 근대 인도네시아 민족주의의 등장을 야기했다. 일
례로 인도네시아 독립 투쟁의 지도자이자 인도네시아 근대사에서
가장 중요한 정치인이라고 할 수 있는 수카르노가 탄생할 수 있었
던 것도 이런 시대적 맥락과 밀접히 연관된다. 수카르노는 인도네
시아인의 입학을 허용하는 극소수 고등교육기관 중 하나인 수라바
야의 고등시민학교에서 교육을 받았다.[3]

네덜란드가 19세기 중반 이후 이전의 식민주의적 방식에서 벗어
나 공업자본주의에 입각한 제국주의 방식으로 인도네시아를 지배하
려고 하였고 그 과정에서 설립된 고등교육기관에서 밍케와 같은 반
제국주의 지식인들이 배출되었다. 작중 인물인 밍케는 수카르노와
같은 많은 저항 지식인들을 염두에 둔 것이라 할 수 있다.

온토소로는 인도네시아인 친정 부모의 강요에 의하여, 본국 네덜
란드에 처를 두고 이곳에 온 유럽인 사업가 멜레나의 첩이 되었다.
물건처럼 팔려온 그녀가 할 수 있는 것은 순응과 복종이었다. 첩으
로 팔려 오기 전에도 학교에 다니지 못하였고, 시집 온 이후에도 집
에만 격리되어 있었다. 하지만 남편의 사업을 옆에서 훔쳐보면서 하
나하나 익히기 시작하여 어느 순간부터는 남편과 동등하게 사업을
하게 된다. 자신이 인간임을 확인할 수 있는 길은 남편이 하는 일을
배우고 이를 직접 행하는 것 이외에 아무런 길이 없었기 때문에 필
사적으로 행하였고, 이에 감탄한 남편도 이 방면에서만큼은 그녀를

---

3) 『작가의 망명』, 여운경 옮김(후마니타스, 2011), 25~26쪽.

동등하게 취급하려고 하였다. 밍케가 학교에서 자기존엄을 통한 저항을 배웠다면, 온토소로는 경제적 사업에서 이러한 태도를 획득하였다.

네덜란드의 제국주의가 문명화의 이름으로 인도네시아를 지배하려고 하였으나 결국은 거기서 성장한 사람들이 네덜란드 제국주의를 무너뜨리는 역할을 하게 됨을 보여주고 있다. 서구의 제국주의자들이 내세우는 문명화의 사명은 기실 인종주의에 근거한 장삿속에 지나지 않는다는 것을 프라무댜는 이 작품에서 아주 극명하게 보여주고 있다.

3. 전도된 오리엔탈리즘의 허구성

프라무댜는 구제국주의가 내세운 문명화의 사명이 갖는 허구성을 강하게 비판하였지만 서구의 모든 것을 일체 부정하는 반서방주의자는 아니다. 서구의 제국주의를 비판하지만 다른 한편에서는 서구가 갖는 장점들을 적극적으로 전유해야 함을 역설하고 있는 것이다. 그는 서구에서 배운 장점을 다음과 같이 말하고 있다.

당연히 식민지 시기에는 잔혹함이 일상화되어 있었죠. 그렇지만 한편으로 네덜란드인들은 적어도 이전에 알지 못했던 일종의 평등이라는 개념을 우리 사회에 소개했습니다. 그전까지만 해도 인본주

프라무댜 아난타 투르의 장편소설 『도망자』는 네덜란드의 점령뿐만 아니라 일본군의 점령을 다루고 있어 매우 흥미롭다. 네덜란드로부터 독립을 얻기 위하여 일본군을 활용하다가 일본군이 협조를 하지 않자 이에 맞서 싸우는 인도네시아 젊은이들을 통하여 유럽의 제국주의뿐만 아니라 일본의 '대동아공영권'의 허구도 신랄하게 비판하고 있다.

의나 국제주의 같은 개념은 없었습니다. 결국 나중에 수카르노가 이를 받아들였고 1945년 독립 이후에 그런 개념들을 구현하려고 시도했습니다. 그렇지만 원래 이 두 개념은 인도네시아 밖에서 시작된 것입니다.[4]

그런 점에서 그는 구미 오리엔탈리즘을 비판하지만 이에 대한 대응으로서 나온 전도된 오리엔탈리즘으로서의 반서방주의를 또한 거부한다. 이러한 점은 1950년에 발표한 장편소설『도망자』에 잘 드러나고 있다.

프라무댜는 제2차 세계대전 이후 네덜란드 재점령기에 인도네시아의 독립을 위해 싸우다가 1947년에 수감되었다가 1949년에 풀려났다. 그는 수감 중에『도망자』를 써서 풀려난 직후인 1950년에 출판하였다. 이 작품은 일본이 패전하기 직전의 인도네시아를 배경으로 하여 어떻게 인도네시아인들이 일본 제국주의에 한편으로는 순응하면서 다른 한편으로는 저항하였는가를 아주 잘 보여주고 있다. 이 작품에서 매우 흥미로운 것은 일본의 제국주의에 대한 평가이다. 당시 일본은 '대동아공영권'이란 이름하에 동남아 지역의 서구 제국주의자들과 일대 전쟁을 치렀다. 서구 제국주의자들로부터 독립하여 동남아시아인들이 스스로 정치를 하는 이른바 '아시아인을 위한 아시아'를 만든다고 주장하였다. 일본은 인도네시아에서 네덜란드와 싸워 물리쳤고 그 자리에 대신 들어와 일련의 정책을 펼쳤다. 가장

---

4) 같은 책, 64쪽.

대표적인 것이 그동안 불법화되어 공식적으로 거의 사용되지 못하였던 인도네시아어를 공식어로 인정하여 사용하게 함으로써 인도네시아인들의 자주의식과 독립의식을 고취시켰다.[5] 많은 인도네시아인들은 네덜란드와 다른 일본의 정책을 보면서 '아시아인을 위한 아시아' 건설이란 일본의 대동아공영권을 믿게 될 정도로 호감을 보여주었다. 그리하여 서구 제국주의와는 다른 아시아주의라는 환상을 가지게 되었다. 또한 이슬람을 극도로 혐오하였던 서구와 달리 이슬람을 적극적으로 보호하였던 일본의 정책은 이러한 환상을 더욱 현실적인 것으로 만들었다. 이러한 환경하에서 일부 지식인들은 아시아적 오리엔탈리즘에 급격하게 빠져들게 되었다. 서구는 온통 악마적이고 나쁜 것인 반면 아시아주의는 선한 것이라는 인식이 힘을 받게 되었다. 독립 이후 인도네시아의 초대 대통령이었던 수카르노 역시 일본을 활용하여 네덜란드로부터 독립을 얻어야 한다고 생각하였던 인물이다.[6] 프라무댜는 일본을 활용하여 네덜란드로부터 독립해야 한다는 이러한 생각마저 부정할 정도로 완강하였다. 그가 어떤 과정을 통하여 이러한 자세를 견지하게 되었는지에 대해서는 잘 알려져 있지 않지만[7] 분명한 것은 어떤 형태의 제국주의라도 반대해야 한

---

5) 이에 대해서는 Benedict Anderson의 책 *Java in a Time of Revolution*(Equinox Publishing, 2006)을 참고.
6) 수카르노에 대해서 비판적이었던 이들은 이 점을 강조한다.
7) 그는 대담에서 다음과 같이 말하고 있다. "나는 처음부터 일본의 침략이 잘못되었다고 생각했어요. 어떤 종류의 식민주의도 옳지 않다고 배워왔으니까요. 그렇지만 당신의 지적은 정확합니다. 대부분의 인도네시아인들은 일본 점령군을 해방자로 받아들였습니다.", 『작가의 망명』, 여운경 옮김(후마니타스, 2011), 66쪽.

다는 신념에서 나온 것으로 보인다.

『도망자』의 중심적인 인물인 하르도 역시 초기에는 일본인들이 말하던 '아시아인을 위한 아시아'에 공명하여 의용군 형태의 부대에 참가하여 연합군의 침략에 맞섰다. 하지만 일본인들의 억압적인 지배 방식을 경험하면서 일본의 이러한 선전 역시 제국주의의 한 변형에 지나지 않음을 깨닫는다. 결국 반란을 행하고 도망다니다 해방을 맞이한다. 그는 네덜란드로 대표되는 서구 제국주의에 대해서 강한 반감을 가지고 있었기에 비록 의용군의 형태이지만 일본의 부대에 합류할 수 있었다. 하지만 반서방주의가 곧바로 아시아주의로 가는 것은 대단히 위험하다는 것을 알게 되면서 어떤 형태로든 제국주의란 것은 인간의 존엄성을 억압하는 것이라는 사실 앞에 아시아적 오리엔탈리즘의 유혹으로부터 벗어날 수 있었다. 그가 할 수 있었던 것은 네덜란드를 축출하는 데 일본을 활용하는 정도였다.

특히 이 작품에서 흥미로운 것은 일본군과 군정의 비인간적인 태도에 대한 상세한 묘사이다. 교육 등을 통하여 네덜란드에서의 생활을 어느 정도 간접적으로나마 경험할 수 있었던 프라무댜의 눈에 일본인들의 행동은 쉽게 대조되어 드러났다. 프라무댜의 다음과 같은 발언은 이를 극명하게 보여주고 있다. 네덜란드와 일본의 지배 사이에 어떤 차이가 있는가라는 질문에 그는 다음과 같이 말한다.

네덜란드 지배가 법치를 존중한 반면, 일본인들은 그러지 않았습니다. 자바에 상륙하고 3일 안에 거의 모든 일본군이 자바의 여성을 강간했습니다. 당시 여성들은 얼굴에 석탄 가루를 묻혀 군인들이 여성이라는 걸 알아보지 못하게 했죠. 나이든 여성들, 심지어 할머니까지 그렇게 했습니다. 침략 초기부터 매우 이상한 일들이 일어났습니다. 예를 들어 일본군은 폭도들이 중국인 가게의 문을 부수고 자유롭게 약탈하게 놔두었죠. 그러나 3일 뒤 그 폭도들 대부분은 처형당했습니다.[8]

이 작품은 일본의 패전 직전을 배경으로 하고 있기 때문에 대담에서 말한 것과 같은 행위는 나오지 않는다. 하지만 일본군과 경찰이 인도네시아인들에게 가하는 신체적 폭력, 특히 손으로 뺨을 때리는 행동 등은 매우 빈번하게 나온다.

닝시는 "왜 우리 아버지가 붙잡혀 있어야 해요?"라고 일본군 장교에게 물었다. "아가씨, 묻는 말에만 답하고 그 외는 입을 닥치시오." 장교의 목소리는 절제되었지만 확고하였다. 그는 오른손 집게손가락을 입술가에 댔다. "입 닥치시오." 닝시는 머리를 강하게 흔들었다. "이유를 말씀해주셔야죠. 우리 아버지가 무슨 일을 했는지?" 이번에는 약하게 머리를 흔들었다. "조용히 해."라고 하면서 장교는 그녀의 뺨을 때렸다. 그의 얼굴이 시뻘겋게 되었다. "나는 알아야만 합니다."라고 그녀가 주장하였다. 장교는 말하였다. "조용히! 인도네시아인은 질문해서는 안 돼. 너는 인도네시아인이기에 말하면 안 돼."[9]

8) 같은 책, 56쪽.

일본 군인들이 여자를 포함하여 사람들의 뺨을 때리는 것은 일본이 표방한 '아시아인을 위한 아시아'라는 구호가 얼마나 허황된 것인가를 보여주는 대표적인 사례이다. 네덜란드 제국주의자들이 19세기 중반 이후 자유주의적 방식으로 지배하려고 했던 것과 대비하여 보면 이러한 일본 제국주의의 행동은 저급한 것으로 비쳤다. 프라무댜는 그 어떤 형태의 전도된 오리엔탈리즘으로서의 아시아부흥주의에 현혹되지 않았다.

구제국주의의 일원이었던 네덜란드와 구제국주의의 틀을 벗어나지 못한 채 이를 모방하였던 일본 사이에 끼여 있기에 작가는 제국주의 지배를 한층 쉽게 비판할 수 있었고 이를 대신할 수 있는 주체에 대한 강한 신뢰를 가질 수 있었다. 이는 다음 장에서 보겠지만 신제국주의와 구제국주의 사이에 끼여 있어 제국주의 지배에 대한 비판을 하기 어려웠던 필리핀과 대조된다. 프라무댜는 구미 제국주의와 이에 기반한 오리엔탈리즘과 이에 대한 대응으로 나온 전도된 오리엔탈리즘으로서의 아시아 오리엔탈리즘을 동시에 비판할 수 있는 새로운 주체를 모색할 수 있었던 것이다.

---

9) Pramoedya Ananta Toer, *The Fugitive*, Willem Samuels 옮김(Penguin Books, 2000), 158 쪽.

시오닐 호세

1. 신제국주의의 오리엔탈리즘과
전도된 오리엔탈리즘 사이에서

필리핀 역시 동남아시아의 한 지역으로 구미 제국주의와 일본 제국주의를 동시에 경험한 나라들 중의 하나이다. 그런 점에서 필리핀은 인도네시아는 물론이고 다른 동남아 국가들과 별반 다르지 않다고 할 수 있다. 하지만 필리핀은 구제국주의를 경험했을 뿐만 아니라 신제국주의인 미국도 경험했다는 점에서 다른 동남아 국가들과는 매우 다른 양상을 보여준다.

동남아 국가들이 대부분 유럽의 국가들이 행한 구제국주의의 식민지였던 것과 달리 필리핀은 19세기 말까지는 유럽 구제국주의의 일원이었던 스페인의 식민지였지만 1989년 이후에는 신제국주의를

스페인과의 전쟁에서 필리핀을 식민지로 얻게 된 미국은 필리핀인들에게 자치를 부여하고 독립을 보장함으로써 이전의 유럽 제국주의자들과는 다른 방식으로 지배하였다. 특히 문명화와 더불어 민주주의를 내세움으로써 이전의 스페인 지배와 차별성을 부각시켰다. 많은 필리핀인들은 이러한 점으로 하여 미국을 제국주의로 인식하지 못할 정도였다.

표방한 미국의 지배하에 있었다. 미국이 새로운 제국주의의 양상을 띠고 등장한 것은 19세기 말 쿠바에서 벌어진 스페인과의 전쟁 이후부터이다. 이미 19세기 중반 이후 유럽의 공업화를 상회하기 시작하던 미국은 자국의 상품을 수출하고 공업화에 필요한 원자재를 수입할 수 있는 땅으로서 카리브 해의 쿠바를 비롯한 중남미 국가에 큰 관심을 기울였다. 먼로 독트린 이후 중남미 지역에서 스페인 세력의 구축을 노리던 미국은 민주주의의 복음을 전한다는 명분으로 스페인과 전쟁을 치르고 이후 쿠바를 보호령으로 만들었다. 이 무렵 미국은 유럽 제국과 차이를 두기 위하여 영토 획득과 총독부를 통한 직접 지배라는 구제국주의를 답습하지 않고 점령 이후 일시적인 군정에 이어 친미 정권을 수립하고 철수하는 방식으로 간접 지배를 선택하였다. 이러한 제국주의는 구제국주의와는 분명 다른 신제국주의였다. 이미 많은 나라들이 스페인으로부터 독립한 중남미에서 다시 식민지를 건설하는 방식은 쉽게 통하지 않을 것이기 때문에 미국은 보호령 등의 방식으로 신제국주의를 건설하였다. 쿠바를 직접 지배하지 않으면서도 헤게모니 지배를 행할 수 있었던 것은 바로 미국이 선택한 새로운 방식이었다. 중남미의 역사적 조건 속에서 배태된 미국의 신제국주의는 쿠바와 더불어 필리핀에서도 기존의 방식과는 다른 길을 턱하였다. 일정한 자치를 허락하면서 궁극적으로 독립을 시켜주는 방식이었다. 1935년에 이르면 10년 후인 1946년에 필리핀을 완전히 독립시켜줄 것이라고 선포하면서 과도기적 대통령을 내세웠던 것 역시 이러한 신제국주의에서 나온 것이라 할 수 있다.

이런 미국이 필리핀을 지배하고 있을 1941년에 일본이 들어왔기 때문에 그 충돌의 양상은 앞 장에서 보았던 인도네시아와는 사뭇 달랐다. 인도네시아에서 구제국주의 네덜란드와 또 다른 구제국주의 일원이었던 일본은 그 어느 나라도 다른 나라를 압도하지 못하였다. 따라서 인도네시아인들 대부분은 이 둘 사이에 어느 한쪽으로 기울어지는 것과 같은 행동은 하지 않았다. 둘 다에 종속되든가 아니면 둘 다에서 벗어나든가 하는 방식이었다. 하지만 신제국주의인 미국과 구제국주의인 일본 사이의 충돌을 겪었던 필리핀인들은 어렵지 않게 신제국주의에 기울어졌다. 아무리 일본 제국주의가 '아시아인을 위한 아시아'라고 외쳐도 쉽게 넘어가지 않았다. 거기에 포섭되기에는 일본의 구제국주의가 행하는 폭력이 신제국주의의 세련된 지배 방식과는 너무나 대조되었기 때문이다. 심지어 필리핀들에게 미국은 제국주의라는 인상마저 주지 않을 정도였다. 과거 스페인이나 일본의 악정과 대비되어 미국은 민주주의의 국가로 비쳤기 때문이다. 미국은 항상 자신을 민주주의의 수호자로 자처하였고 자신의 제국주의적 지배를 민주주의를 위한 것으로 포장하였다. 게다가 피식민지인의 뺨을 때리는 것 같은 일본 제국주의의 원시적 폭력은 신제국주의로서의 미국의 역할을 한층 돋보이게 하여 미국이 민주주의의 사도인 것처럼 믿게 만드는 데 일조하였다.

이런 식으로 신제국주의의 지배를 받았던 필리핀인들은 제국주의에서 벗어나기가 더욱 어렵게 되었다. 시오닐 호세의 고민과 작가적 사유는 바로 이러한 역사적 처지에서 시작되었다. 제국주의 지배가 이루어지고 있지만 이것을 감지하기 힘든 역사적 상황 속에서 어떻게 하면 그것을 드러낼 수 있는가 하는 점이 호세의 작가적 책무였다.

2. 신제국주의와 지배의 은폐

신제국주의의 통치 방식은 직접적인 지배가 아니라 간접적인 것이기 때문에 제국주의가 전면에 드러나지 않는다는 특징을 갖고 있다. 구제국주의의 경우 총독부라는 상징적인 기구가 있기 때문에 제도에 대한 불만이 곧바로 식민지 정부에 대한 비판과 저항으로 이어질 수 있지만 신제국주의의 경우 전면에 드러나 있지 않고 후면에 숨어 있기 때문에 피식민지인들이 제대로 된 저항을 하기 어렵다. 사회적 불만은 자치를 행하는 정부로 향하기 쉽기 때문에 배후에 있는 신제국주의 국가는 비판의 대상이기보다는 오히려 동경의 대상이 되기 일쑤이다. 필리핀은 아시아의 다른 식민지 국가들과 달리 신제국주의 국가인 미국의 영향권하에 있었기 때문에 이러한 역사적 상황에 처하게 되었다. 이미 스페인으로부터 오랜 기간 식민 지배를 받아왔기 때문에 신제국주의는 억압자이기보다 해방자로 인식되기 쉬웠다. 따라서 제2차 세계대전 이후 일본을 제압한 미국이 다시 필리핀을 지배하기 시작할 때에도 미국을 해방자로 인식하였다. 그리하여 미국에 협력하면서 나라를 지배하던 필리핀 위정자들의 예속성을 가속화시켰다.

시오닐 호세는 이러한 문제의식하에서 장편소설 『에르미따』를 발표하였다. 독립 이후에도 지속되는 신제국주의적 억압에 대한 무력한 대응과 이로 인한 주체의 부재는 이 작품에 등장하는 문제적인 인물 두 사람에게서 가장 극적으로 드러난다. 역사학자였다가 지금은 신제국주의의 브로커로 전락한 롤란드 크루즈와 화려한 창녀로서 배회하다가 뉴욕의 순탄한 삶을 버리고 조국인 필리핀으로 돌아온 에르미따이다.

이 작품의 프롤로그와 에필로그 모두 롤란드 크루즈의 말로 가득 차 있을 정도로 작가는 롤란드 크루즈에게 비중을 두었다. 프롤로그에 등장하는 롤란드 크루즈는 패기에 차 있다. 법관이나 공무원이 되기를 원했던 아버지의 꿈을 저버리고 역사학자가 되었던 것은 바로 필리핀에서 희망을 찾기 위한 것이었다. 그리하여 미국 예일대학에서 박사학위를 받고 조국으로 돌아왔다. 하지만 필리핀에서 벌어지는 저속하고 속물적이고 물화된 현실에서 차츰 초지를 잃고 미국과 일본에 아부하면서까지 지위와 돈을 거머쥐려고 하는 사람으로 바뀌었다. 심지어는 에르미따를 인도네시아의 한 지도자에게 매춘을 상납할 정도였다. 흥미로운 것은 그가 거간꾼으로 활동하고 있는 것이 전부 예일대학 동창이란 인맥을 통해서 이루어진다는 점이다. 대학에서 만난 미국인과 일본인 동창들이 필리핀에서 사업을 하려고 할 때 그는 자신이 갖고 있는 정보통을 활용해서 그 앞잡이로 나서고 자신의 나라가 이로 인해 어떤 상태에 놓이는가에 대해서는 아무런 관심도 없다. 미국의 신제국주의가 지배하는 필리핀의 현실에서 한때 자국의 독립과 건강한 민주주의를 위해 모든 것을 바치려고 하였던 한 젊은이가 타락해나가는 과정을 작가는 아주 생생하게 그리고 있다.

하지만 롤란드 크루즈가 다른 필리핀인과 다른 것은 이러한 자신의 타락에 대해서 일정한 자의식을 가지고 있었다는 점이다. 자신이 그토록 속하고 싶었던 상류층의 행태를 보면서 필리핀의 앞날에 대해서 일말의 우려를 느끼는 것이다. 이 작품의 에필로그에는 바로 이러한 자의식에 시달리는 롤란드 크루즈가 등장한다. 롤란드 크루즈는 미국 유학 시절 만난 일본인 친구를 통하여 무역을 하면서 온갖 거간꾼 노릇을 하고 있다. 그러면서도 자신과 자신의 조국인 필리핀이 이렇게 한심하게 전락한 것에 대해서 스스로 눈물을 금치 못한다.

내가 왜 울고 있는지 그들이 궁금해한다고 해도, 나 또한 그 이유를 알 수 없어. 나 자신을 위해 우는 것은 아니야. 나는 비교적 편안하게 살고 있고 안정된 수입도 있어. 친구들도 있고 훌륭한 교육을 받았고 박사학위 소지자라는 사실을 늘 자랑하지.
그럼 누구를 위한 눈물일까?
아름다운 조국이 내 민족에 의해 파괴되어가고 있기에 나는 울

태평양전쟁 시기 필리핀인들은 미국을 물리치고 필리핀을 점령한 일본 군인들의 만행을 보면서 미국의 존재를 다시 생각하게 된다. 직접적으로 지배하지 않고 간접적으로 관리하는 미국의 신제국주의적 행태로 인하여 필리핀인들은 새로운 사회를 건설할 주체를 형성함에 있어 다른 아시아 식민지 나라와는 달리 큰 어려움을 겪는다. 간접적인 관리로 인하여 뚜렷한 반제국주의 운동을 전개하기 어렵기에 독립 이후에도 새로운 사회의 주체를 형성하지 못하고 예속을 벗어나지 못한다. 시오닐 호세의 작가적 고뇌는 여기서 시작된다.

고 있어. 폭력과 무질서, 슬픔과 절망이 넘쳐흐를 날들이 오게 될 것을 알기에 나는 울고 있어. 주어진 기회를 헛되이 놓쳐버렸으므로, 앞으로 태어날 수많은 아이들이 고통스럽게 그 대가를 치러야 한다는 사실을 알기에 나는 울고 있어.[10]

롤란드 크루즈는 한때 필리핀보다 못살았던 일본이 융성하고, 필리핀인들은 이제 돈을 벌기 위해 일본 등지에서 품을 팔아야 하는 가련한 신세로 전락한 것을 개탄하면서 동경 한복판인 신주쿠에서 눈물을 흘리고 있다. 그는 역사학자를 그만둔 지 오래되었지만 가슴 한구석에는 일말의 자의식이 솟아오르고 있었다. 이러한 롤란드 크루즈가 선택할 수 있었던 것은 두 가지이다. 하나는 자의식을 눌러가면서 상류층의 떨거지로 살 것인가 아니면 자살할 것인가였다. 결국 그가 선택한 것은 자살이었다.

롤란드 크루즈의 자살은 매우 상징적이다. 미국 지배 시절에 롤란드를 가르쳤던 알베레스 교수가 민족자결성의 한 상징이었다면, 롤란드 크루즈는 독립 이후 민족자결성을 지키기 어려워진 현실의 상징이라고 할 수 있다. 알바레스 교수는 비록 미국 컬럼비아대학에서 박사학위를 받았지만 미국 제국주의에 맞서 싸우고 필리핀의 대외의존적 순응성을 가차 없이 비판한 사람이었다. 롤란드 크루즈는 그의 가르침에 감동을 받아 공무원의 길을 포기하고 역사가가 되었다. 하지만 알바레스 교수의 뜻을 이어받아 미국에서 학위를 얻은 후 역사

10) 시오닐 호세, 『에르미따』, 부희령 옮김(아시아, 2007), 494쪽.

학자로서 출발하였지만 초심을 잃고 미국 신제국주의의 그물에 갇히고 만다. 신제국주의가 구제국주의보다 더욱 무서운 것은 저항을 약화시킨다는 점이다. 롤란드 크루즈의 자살은 바로 민족적 주체의 부재를 보여줌과 동시에 신제국주의의 종속성의 심화를 보여준다고 할 수 있다. 제조업 등은 침체하고 금융과 소비산업만이 확대되는 현실에서 희망은 더욱 없어지는 것이다. 필리핀은 구제국주의하에서 식민지를 겪다 독립한 나라들이 새로운 주체를 형성하면서 나아가는 것과는 전혀 반대의 길을 걸은 것이다. 여기가 시오닐 호세의 질문이 시작되는 지점이다.

이러한 점은 이 작품의 또 다른 문제적 인물인 에르미따에게서도 읽을 수 있다. 에르미따는 창녀로 생활하면서 위정자들의 부패상과 무능력을 그 내부에서 깊이 알게 되었다. 자신을 배척한 로호 가문에 대한 복수를 마치고 돈을 움켜쥔 그녀가 할 수 있는 것은 미국인과 결혼하여 미국 시민권자가 됨으로써 새로운 생활을 해나가는 것이다. 대부분의 필리핀인들이 선망하는 미국인이 된 후 그녀는 오히려 메우기 힘든 공허감을 맛보고 끝내는 필리핀으로 돌아와 새로운 삶을 준비한다. 미국을 정점으로 하는 신제국주의하의 필리핀에서 가장 타락한 삶을 살아가는 것처럼 보이지만 이에 대한 자의식을 가진 드문 인물 중의 한 사람으로 바뀌어간다. 이러한 전환에는 릴리의 역할이 크다. 릴리는 어머니의 어려운 사정을 모르지 않지만 사회가 처한 현실을 고려하여 결국 부모와 학교를 버리고 저항운동에 참여하였다가 군사독재 정권에 의해 처형된다. 에르미따는 릴리의 삶을 들으면서 자신의 삶에 대한 최소한의 자의식을 가지게 되고 안정되고 평화로운 미국인의 지위를 버리고 힘들고 소란스러운 귀국을 선택한다.

롤란드 크루즈의 자살과 에르미따의 귀국은 미국이란 신제국주의의 우산 밑에서 살아가는 필리핀의 어지러운 삶 속에서 한 가닥 희망을 보여주는 것이라 할 수 있다. 신제국주의의 심화가 주체의 부재로 이어지는 역설적인 현실에서 작가는 절망하지 않으려고 노력하는 것이다. 과거 구제국주의가 '문명화의 사명'을 외쳤다면, 신제국주의는 '민주주의화'를 내세웠다. 하지만 이 작품에서 작가가 보여주고 있는 것처럼 신제국주의는 민주주의를 구하지 못한 것이다.

3. 흥아와 탈아 사이에서 춤추는 일본의 취약성

이 작품은 일본에 의해 짓눌린 필리핀인들이 미군을 기다리는 것부터 시작한다. 이러한 상황은 태평양전쟁 시기 동남아시아의 다른 나라들과는 매우 다르다. 첫째는 필리핀인들에게 일본이란 나라는 해방자의 역할을 거의 하지 않고 있었다. 동남아시아의 다른 나라들의 경우 일본은 점령자이면서도 해방자 역할을 하였다. 버마의 아웅산처럼 민족 해방을 주도하던 이들은 일본의 점령을 적절하게 이용하였다. 영국의 식민지하에서 버마인들은 서구의 백인에 주눅이 들어 있었다. 백인은 문명이고, 황인종은 야만이라는 등식을 주입받고 살았기 때문이다. 하지만 일본이 영국을 물리치는 것을 보면서 황인종이 얼마든지 백인을 극복할 수 있다는 사실을 깨달았고 더는 백인의 제국주의에 순응할 필요가 없음을 체감한다. 그런 점에서 아웅산을 비롯한 버마의 군인들은 일본을 환영하였고, 일본의 점령하에서 민족적 자결의식을 기를 수 있었다. 실제로 일본은 1943년에 버마를 필리핀보다 먼저 독립시켜 주기도 하였다. 앞 장에서 보았던 것처럼 이러한 점은 인도네시아에서도 확인할 수 있다. 인도네시아에서는 수카르노와 같은 저항 지도자들이 일본과 적절하게 교섭하면서 협상을 하였다. 네덜란드의 지배하에서 3백 년 넘게 식민지 생활을 하였던 인도네시아 민중들에게 일본의 점령은 새로운 해방으로 다가왔다. 백인들의 우월성에 주눅이 들었던 인도네시아인들에게 황인종인 일본이 백인을 물리치는 현상은 예전의 인종적 순응주의를 단숨에 날려주는 일대 사건이었다. 따라서 일본이 인도네시아의 독립을 보장해주는 언질을 하면 일본을 돕고, 그럴 기미가 없으면 협조하지 않았다. 수카르노와 같은 지도자들은 이러한 협상 과정을 거치면서 인도네시아의 독립을 도모하였다. 인도네시아에서 일본의 점령은 한편으로는 해방자 역할을, 다른 한편에서는 점령자 역할을 하였던 측면이 있다. 그런데 필리핀에서는 해방자의 역할은 거의 없고 오로지 점령자의 모습으로만 남아 있다.

해방자로서보다는 점령자로서의 일본의 인상을 한층 강화시킨 것은 일본이 점령하기 이전에 필리핀을 지배하였던 미국이다. 필리핀인들은 일본의 점령을 평가할 때 항상 미국이 행하였던 일들에 비추어 판단하였다. 미국과 비교하면서 일본을 평가하는 것이다. 스페인은 초등교육기관을 설치하지 않았던 반면 미국은 초등 교육을 통하여 많은 필리핀인이 영어를 배우고 학교 교육을 받도록 하였다. 게다가 필리핀인들이 정치 활동에 참여하여 자치를 할 수 있도록 하였기 때문에 필리핀인들은 스스로 소외받지 않고 있다는 착각을 가지기도 하였다. 이러한 상태에서 점령한 일본에 대해 별다른 매력을 느끼기 어려웠다. 민주주의를 거치지 않은 군국주의 일본의 병사들이 행하는 짓들을 목격하였을 때 그들은 미국 치하의 생활을 더 그리워하게 된다. 일본군이 미군에 쫓겨 도망 다닐 무렵 한 필리핀 가정에 난입하여 저지르는 강간에 대한 다음의 묘사는 일본이 '대동아공영권'과 '아시아인을 위한 아시아'를 외쳤음에도 불구하고 오히려 일본에 대해 얼마나 나쁜 감정이 주를 이루는지를 잘 보여준다.

잠시 정적이 흘렀다. 이제 더 큰 외침 소리가 거리에서 들려왔다. 누군가 대문을 내려치는 듯한 큰 충돌음이 들렸다. 대문 쪽이 맞을까? 그러더니 창문 바로 밑에서 거친 목소리가 들려왔다. 맙소사, 일본군들이 집 안으로 들어왔다!
그들은 정원의 울타리를 부수고 안으로 들어왔다. 발로 문을 차면서 소리치고 있었다. 도대체 무엇을 찾는 거지? 적군? 무장도 하지 않은 다섯 명의 나약한 사람들? 콘시타는 이제 펠라이와 함께 있게 해달라고 하느님에게 기도했다. 죽더라도 함께 죽게 되기를 빌었다. 뒤뜰에서 기관총 소리가 울려 퍼졌다. 모두들 그곳에 있었다. 펠라이, 아르투로, 오랑 그리고 알레한드라. 모두 죽었을 것이다. 이제 남은 것은 콘시타뿐이었다. 또 다시 문을 발로 차는 소리가 들렸다. 목소리들은 천천히 뒤뜰로 사라졌다. 모두 가버렸다. 콘시타는 안도하면서 혼잣말을 했다. 난 살았어! 오, 하느님, 저는 살아남았어요!

그 순간 욕실 문이 벌컥 열렸다. 한 남자가 문 앞에 서 있었다. 몸집이 크고, 머리는 헝클어져 있었으며, 수염이 덥수룩했다. 눈은 광기로 붉게 충혈되었고 한 손에는 권총을, 다른 손에는 칼을 들고 있었다. 미치광이 같은 두 눈은 짐승 같은 허기와 의혹으로 번득였다. 그는 콘시타를 향해 다가와 벽 쪽으로 밀어붙였다. 그는 삽시간에 그녀의 옷을 찢어 가슴을 드러나게 했다. 그녀는 팔을 모아 가슴을 가렸다. 그녀는 속으로 생각했다. 이제 곧 나는 강간을 당하게 될 거야.

믿을 수 없는 일이었다. 병사가 주먹을 휘둘렀고, 그녀는 넘어지면서 벽에 머리를 찧었다. 어지러웠다. 이제 나는 죽게 될 거야. 그녀는 확신했다. 그녀는 오직 그 생각밖에 할 수 없었다.[11]

그렇기 때문에 아시아의 다른 나라들이 제2차 세계대전을 통하여 옛 제국주의 지배국들에서 벗어나 독립하기를 원하였던 것과 달리 필리핀은 미국이 자신들을 보호해주는 것을 적극적으로 환영하는 지경에까지 이른다. 특히 상류층에서 이러한 경향이 심하여 미군과 미

---

11) 같은 책, 43~44쪽.

국이 자신들을 보호해주기를 바랐을 뿐만 아니라, 스스로 미국을 추종하기를 염원한다. 미국은 형식적으로는 필리핀을 독립시켰지만 자신의 영향권하에 놓기를 원하였다. 이러한 미국의 바람은 미국이 자신들을 버려둘까 전전긍긍하였던 필리핀 상류층의 요구와 들어맞아 더욱더 심화되었다. 이 작품에 등장하는 상류층, 특히 로호 가문의 사람들은 이러한 지향을 가장 적극적으로 드러내는 인물이다. 과거 미국이 지배하던 시절에 미국인들과의 사교생활에 젖어 있던 로호 가문의 딸들은 식민지 이후에도 여전히 미국인들과 사교생활이나 결혼생활을 통하여 자신이 유지해오던 생활을 이어나가기를 원하고 있는 것이다. 이러한 경향은 비단 로호 가문처럼 구상류층뿐만 아니라 새로운 상류층들에게도 여지없이 드러나고 있다. 마르코스로 대표되는 군부가 정권을 장악하고 구상류층 일부를 무력화시키면서 새로운 사회를 만들려고 하지만 그들 역시 미국에 대한 기대와 신망은 변함없는 것이다. 구상류층 못지않게 미국을 선호하고 있는 것이다.

이 작품에는 아시아부흥주의를 외치면서 전도된 오리엔탈리즘의 전도사가 되었던 일본의 모습뿐만 아니라 다른 구미 오리엔탈리즘에 부합하기 위해 안간힘을 쓰던 일본의 모습도 등장한다. 제2차 세계대전 이후 일본은 급속하게 미국의 신제국주의 휘하에 편입되어 과거의 일본과는 전혀 다른 모습으로 바뀌어나간다. 과거에 일본이 아시아부흥주의를 내세웠다면 이제는 미국의 휘하에서 민주주의를 내세우는 것이다. 1951년 샌프란시스코 강화회의 이후 이러한 상황은 더욱 강화되었다. 모택동이 중국을 장악하자 미국은 동아시아의 안보를 우려하였고, 이를 해결하기 위해 일본을 동맹국으로 삼기 시작하였다. 미국의 일본 연구자 후지타니에 의하면, 미국은 종전을 앞두고 이미 이러한 동아시아 정책을 마련하였고 그 연장선으로 이러한 조치를 취하였던 것이다. 미국의 동아시아 이해관계에 따라 필리핀인들은 일본을 새롭게 보기를 요구받았다. 필리핀인들이 점령 시기에 가졌던 원한 같은 것은 미국의 힘에 의해서 교정받게 되었고 시간이 지나면서 일본을 미국이라는 큰 틀에서 보게 되었다. 일본에 대한 태도의 표변에는 필리핀인들 자신의 판단보다는 미국의 시각이 지배적임을 알 수 있다. 미국의 신제국주의가 요구하고 상상하는 정책을 필리핀은 그대로 따르게 되는 것이다. 실제로 아시아주의를 외치면서 구미와 다른 아시아상을 상상하던 일본이 미국을 추종하는 모습을 목격하면서 이런 시각은 더욱더 강화되었다. 이처럼 일본은 한때는 아시아주의를 외치다가 이제는 미국을 비롯한 서구를 추종하는 양 극단을 넘나들게 되었다. 일본의 이러한 모습에 실망하였기 때문에 필리핀에서 전도된 오리엔탈리즘이 들어설 여지는 거의 없는 것이다. 오히려 민주주의를 표방하는 미국의 오리엔탈리즘에 한층 경도되고 만다.

4. 주체의 부재와 암울한 미래

일본에서 해방되어 독립을 이룩한 이후 필리핀 사회가 국민국가체제 속의 한 국가로 성장하기 위해서는 새로운 주체가 형성되어야 하는데 이를 뒷받침할 세력이 없었다. 전통적으로 필리핀의 상류층 및 지배 세력은 항상 외국의 식민지 세력에 빌붙어 살아왔기 때문이다. 스페인이 점령한 이후에는 스페인에, 미국이 스페인을 대신하였을 때에는 미국에 빌붙어 살아왔기 때문에 스스로 한 국가공동체의 주체로서 등장하는 것이 없었던 것이다. 시오닐 호세가 『에르미따』 프롤로그에서 지식인으로 성장하려고 하는 롤란드 크루즈의 입을 통하여 표현한 다음 대목은 이러한 필리핀의 현실을 그대로 보여주고 있다. 일본이 마닐라를 점령하기 직전인 1941년 3월 1일에 쓴 것으로 되어 있는 이 일기에는 필리핀의 허약함에 대한 질문이 들어 있다.

> 필리핀의 상류층은 스페인이든 미국이든 언제나 침략자들과 결탁하는 길을 선택했다는 알바레스 교수의 말은 얼마나 옳은 것인가. 만약 일본 사람들이 지금 우리를 지배하고 있다면, 상류층은 그들과도 손을 잡을 것인가?[12]

이 작품에 등장하는 지식인 롤란드 크루즈가 스승인 알바레스 교수의 말을 수긍하면서 내뱉는 이 말은 필리핀의 운명을 생각하는 사

---

12) 같은 책, 17쪽.

람들이라면 아주 자연스럽게 대면할 수밖에 없는 것이기도 하다.

외세와 맞서 반제국주의운동을 하는 과정에서 새로운 사회의 주체가 형성되는 것이 일반적인 비서구적 현상이고, 이들이 주축이 되어 독립 이후의 국가를 만들어나간다. 비록 이들이 과거의 투쟁을 명분으로 삼아 집권하지만 자신의 이권과 권력을 유지하기 위하여 강대국들에 협력하면서 살아가는 것이 일반적으로 식민지 이후의 비서구 사회이다. 하지만 필리핀의 경우는 미국의 신제국주의 지배를 겪으면서 그들과 결합하였기 때문에 이들을 대신하여 스스로 주체로 나설 수 있는 세력이 매우 빈약하다. 따라서 식민지 이후에도 여전히 과거 외세에 협력하였던 이들이 기회주의적으로 변신하여 지배 권력을 유지하기 때문에 새로운 주체가 쉽게 등장하지 못한다. 그 결과 식민지 직후 시기에는 과거 미국의 제국주의 지배 여파로 다른 아시아 국가들과는 비교가 되지 않을 경제적으로 우월했음에도 불구하고 시간이 점차 지나면서 식민지를 경험한 다른 아시아 국가들에 비해 경제적으로 낙후하게 된다. 시오닐 호세가 이 작품에서 가장 힘들여 그리고 있는 것은 바로 이 필리핀 사회가 겪는 주체의 부재이다.

시오닐 호세는 구미 오리엔탈리즘과 아시아 오리엔탈리즘 어디에서도 희망을 찾을 수 없었다. 그는 이러한 조류들이 필리핀을 얼마나 갉아먹을 수 있는지를 잘 알고 있는 것이다. 이 둘을 넘어선 어딘가에서 희망을 찾으려고 하지만 앞서 보았던 인도네시아의 작가

프라무댜가 가졌던 만큼의 밝은 미래에 대한 신념을 찾아보기는 어렵다. 하지만 그는 이러한 방식으로 지속될 수 없고 다른 대안이 나와야 함을 강하게 환기시키고 있다. 다음은 이 작품에서 롤란드 크루즈가 일톤 동경 신주쿠를 헤매면서 생각한 것의 한 대목으로, 자살한 그 자신의 유서이자 필리핀이란 나라의 내면의 외침이다.

　이렇게 멀리 떨어져서 보니 나에게 출구가 없는 것처럼, 슬프게도 내 나라에도 출구가 없다는 것을 확실히 알 수 있었어.
　나처럼 내 나라도 천천히 죽어가는 것을 느낄 수 있어. 아무도 그것을 멈출 수 없을 거야. 만약 종말의 시간을 늦출 수만 있다면 치료 방법을 찾게 될지도 모르지. 우리를 갈라놓고 서로 멀리 떨어지게 만든 그 틈은 지금도 점점 더 벌어지고 깊어지고 있어. 미래에 대한 이상을 갖지 못한 군인들, 탐욕에 빠져서 제 욕심만 차리는 정부 관료들, 아부와 굴종밖에 모르고 분노할 줄 모르는 식물처럼 변해버린 국민들을 생각해봐. 정치가들로부터, 아니 그보다도 우리 자신으로부터 우리를 방어할 수 있는 방법이 있을까?
　마닐타에서 떠나기 전날, 나는 카마린 앞을 지나갔어. 여전히 그곳에서는 구정물이 파리를 불러들이듯, 권력자들을 유혹하기 위해 보란 듯이 성을 상품화하고 있더군. 주변에는 고급 차들이 빈틈없이 주차되어 있었어. 쇠파리가 구더기를 슬어놓듯이 말이야. 초저녁 무렵에 늘 그렇게 했던 것처럼 나는 마비니를 한 바퀴 돌았어. 텅 빈 아파트로 돌아가면서 갑자기 에르미따의 옛 모습이 떠올랐어. 고급 주택가였던 전쟁 전의 풍경이 아니라 전쟁 직후 완전히 폐허가 되었던 모습 말이야. 거리에는 어둠이 깃들어 있었고 자동

차라고는 찾아볼 수 없었지. 그리고 지금 한때는 외따로 떨어진 조용한 장소였던 그곳이, 몸을 사고파는 거친 고함 소리들이 울려 퍼지고, 타락과 부패가 끝없이 번져가는 어지러운 곳이 되어버렸어. 전쟁을 치른 뒤보다 더 황폐해지고 말았지. 전쟁은 에르미따를 빈 터로 만들었어. 우리는 그곳에 새로운 도시를 건설할 수 있었어. 하지만 지금은 어느 한 지역이 파괴된 게 아니라 나라 전체가 무너져 버렸어. 사람들은 신념을 잃었고 오로지 가격만을 따질 뿐이야[13]

구미 오리엔탈리즘과 아시아 오리엔탈리즘의 폐해를 너무나 잘 알고 있기에 직접적이고 구체적으로 미래의 희망을 제시하지는 못하지만 현재의 방식으로는 필리핀이 나아갈 수 없음을 강하게 보여주고 있는 것이다. 주체 부재의 상징인 자살은 궁극적으로 새로운 재생을 환기한다.

---

13) 같은 책, 491~492쪽.

Global Worl

제 3 부

서아시아

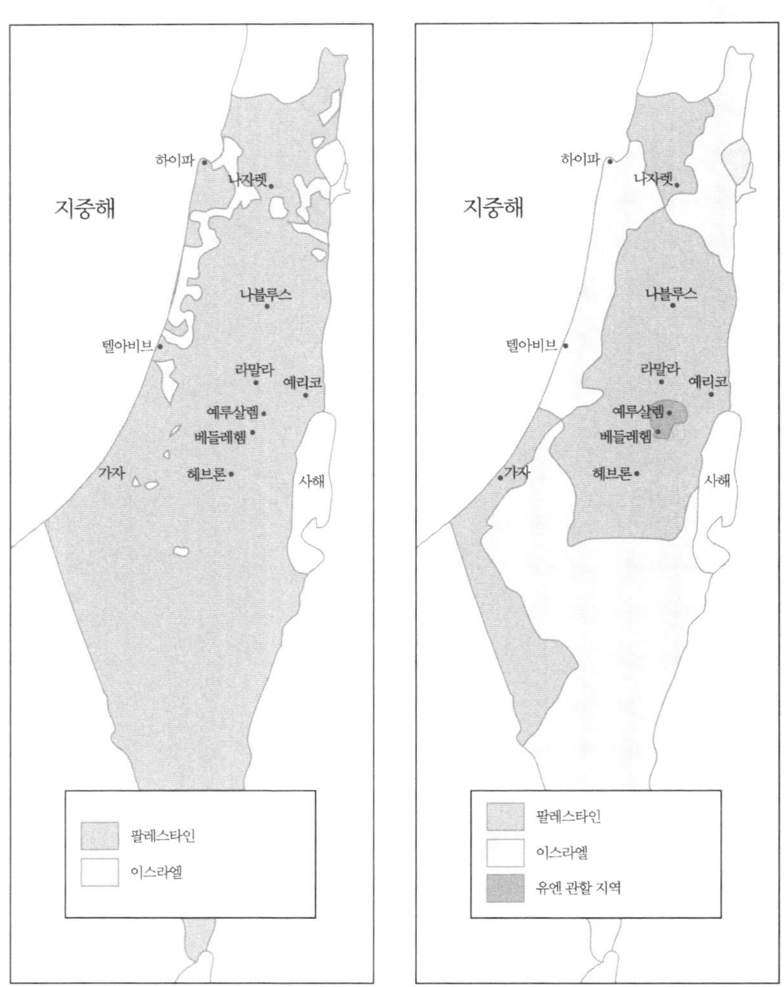

1번 지도(왼쪽)는 제1차 세계대전 이후 팔레스타인 지역이 영국의 보호국이 된 이후에 유대인들이 조금씩 이주하기 시작하는 모습을 보여주고 있다. 2번 지도(오른쪽)는 1947년 유엔이 팔레스타인과 이스라엘의 영토와 국경을 제안할 당시의 상황을 보여주고 있다. 팔레스타인 영토 내에 섬처럼 놓여 있는 예루살렘은 유엔이 공동으로 관할하는 것으로 되어 있었다.

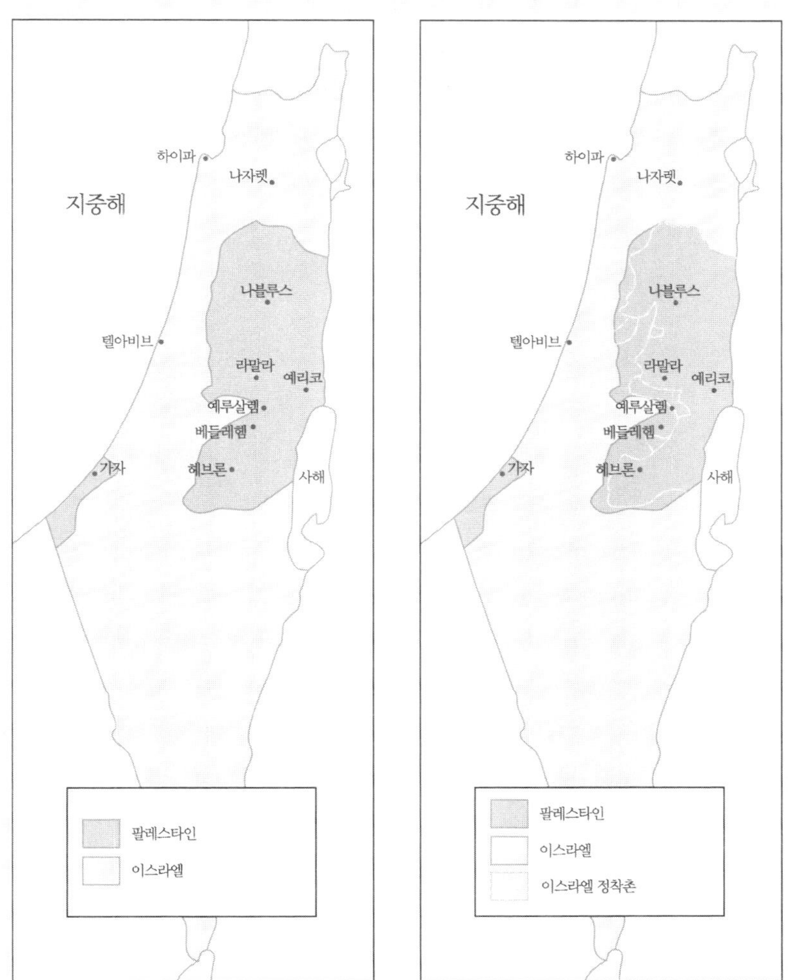

3번 지도(왼쪽)는 1948년 이스라엘 국가 창설 이후 이스라엘이 아랍 국가와의 전쟁에서 이겼던 1967년 이후의 경계를 보여주고 있다. 4번 지도(오른쪽)는 1993년 이스라엘과 팔레스타인 측에 의해 맺어진 오슬로 평화협정에도 불구하고 팔레스타인 지역에 이스라엘 정착촌이 점점 늘어가고 있는 것을 보여주고 있다.

마흐무드 다르위시는 1980년대 중반 이후 이전과는 다른 경향의 시를 쓰기 시작한다. 이스라엘의 점령과 지배로 인하여 고통을 받고 있는 팔레스타인인의 입장에 서서 이들의 고통과 희망을 노래하던 것에서 벗어나 공존을 통한 미래를 모색하였다. 이 과정에서 서정서사시 등 새로운 형식을 창조하기도 하였는데 특히 그의 시적 산문은 큰 빛을 발하였다. 그의 대부분의 시집이 영어로 번역되어 있는 반면, 산문집은 많이 번역되어 있지 않다.

마흐무드 다르위시

1. 반제국주의와 추방으로서의 유랑

팔레스타인은 지구상에서 아직도 구미중심주의의 제국주의의 억압에서 벗어나지 못하고 고통을 받고 있는 나라이다. 팔레스타인인들은 1948년 자신들이 대대로 살아오던 땅에 유대인들이 이스라엘을 건국하면서 추방과 유랑의 삶을 살게 되었다. 아시아, 아프리카, 라틴아메리카 지역 대부분의 나라들이 구미의 식민지를 겪었다가 벗어난 것과 대조적으로 팔레스타인은 이스라엘의 점령하에 있고 최근 이스라엘이 정착촌을 더욱 넓혀나가는 것을 볼 때 이 상태가 쉽게 끝날 것 같지 않다. 또한 가자 지구의 하마스와 서안 지구의 파타 자치정부 사이의 대립, 그리고 팔레스타인 민중들의 이스라엘에 대한 저항을 고려할 때 더욱 미래를 예측하기 어렵다.

팔레스타인 출신 시인 마흐무드 다르위시의 상황은 조국을 떠나 이리저리 떠돌아다녔다는 점에서 유랑이라고 할 수 있지만, 이스라엘의 침략으로 하루아침에 고향을 등질 수밖에 없었고 자유롭게 돌아갈 수 없게 되었다는 점에서 단순한 이산이 아니고 추방으로서의 유랑이라 할 수 있다. 앞에서 다룬 인도 작가 미스트리의 경우 소수 종족 출신으로 인도가 영국에서 독립한 이후 자국의 내셔널리즘의 폭력에 의해 고국에서 추방당한 것과 대비해보면 다르위시는 이스라엘의 점령으로 인하여 조국을 잃고 외국에서 배회하였기 때문에 그 역사성이 매우 다르다. 이러한 차이를 무시하고 자기 땅을 떠나게 된 사람들을 한꺼번에 뭉뚱그려 이산의 경험으로 일반화하는 것은 매우 위험한 태도이다. 따라서 이스라엘의 팔레스타인 점령으로 초래된 다르위시의 유랑 문학을 이야기할 때에는 그것을 제국주의로 인한 추방과 관련시켜야 한다. 고향과 조국을 강제로 빼앗기고 다른 나라를 배회할 수밖에 없는 수많은 팔레스타인인들의 고통에 대해서 눈을 감고 그들이 자발적으로 유랑의 삶을 선택한 것처럼 설명하거나 심지어는 유랑을 인간의 원초적 운명으로 취급하는 것에 대해 다르위시는 다음과 같이 경고하고 있다.

수백만의 피난민, 유랑자, 강제 이주자, 추방당한 사람, 자신의 나라로 돌아갈 권리를 빼앗긴 사람, 자신이 거주하는 나라에서 시민권을 박탈당한 사람들이 겪고 있는 비참함과 고통, 그리고 재앙들을 망각할 권리가 작가에게는 없다. 이들은 부유하는 사람들이며 주변인이요, 뿌리가 뽑힌 사람들이다. 이들은 미래가 그들을 두렵게 하기 때문에 앞을 바라볼 수가 없다. 또한 뒤로 돌아갈 수도 없다. 과거는 자꾸만 멀어져가기 때문이다. 이들은 현재를 발견하지 못하면서도 그저 현재 주위를 맴돌면서 자비와 희망이라곤 없는 비참한 언저리에 머물러 있다.

우리 팔레스타인의 경우, 대부분의 팔레스타인 국민이 뿌리 뽑힘과 강제 이주, 그리고 추방이라는 범죄에 노출되어 있다. 벌써 60년 전부터의 일이다. 수백만의 난민들이 여전히 유랑의 땅 그 난민촌에서 시민으로서의 권리나 귀향의 권리는 물론이고 기본적인 생존 조건조차도 갖추지 못한 채 디아스포라의 삶을 이어가고 있다. 그들의 난민촌이 파괴당하면, 이러한 일은 크고 작은 모든 전쟁에서 늘상 일어나는 일이지만, 돌아갈 날을 기다리며 임시 천막을 찾아다닌다. 그들이 기다리며 찾는 것은 전에 살던 난민촌이나 또 다른 난민촌일 뿐, 조국으로의 귀환은 언감생심이다.

자신의 고토에 살고 있는 팔레스타인 사람들 가운데 다수가 아직까지도 난민촌을 전전한다는 것은 또 다른 비극이다. 마을이 파괴되고 토지가 몰수된 후 그 자리에 이스라엘 정착민촌이 건설되면서 팔레스타인 사람들은 제 나라에서 난민으로 전락했기 때문이다. 이들은 향후 새로운 형태의 아메리칸 인디언이 될 후보자들이다. 이들은 자신들이 살아야 할 삶을 타인들이 차지해 살고 있는 현실을 목도하며, 과거가 바로 뒤에 있는데도 그 과거를 찾아가 눈물을 뿌리거나 슬픈 노래를 함께 부를 수 없는 처지이다. 이처럼 자기 조국에서 유랑자가 된 사람은 한층 더 혹독한 사디즘에 빠진다.[1]

---

[1] 마흐무드 다르위시, 「유랑에 대하여」, 송경숙 옮김, 『아시아』 2008년 봄호, 139~140쪽. 이 글은 2007년 전주에서 열린 아시아 아프리카 문학포럼에서 처음 발표되었다. 작고하기 1년 전에 한국을 방문하여 발표한 이 글은 그의 마지막 산문 중의 하나로

다르위시가 자발적 유랑을 선택한 문학자들과 팔레스타인인들의 유랑을 구분하는 이유는 현재 팔레스타인이 이스라엘 점령하에서 겪는 고통을 얼버무리거나 희석화하는 것에 반대하기 때문이다. 오늘날 정체성의 정치를 비판하는 구미의 이론가 중에서 이산이나 혼종과 같은 개념으로 제국주의가 초래하는 폭력을 보지 못하거나 혹은 무시하는 경향이 있는데 다르위시는 이것을 극도로 경계한다. 그러기에 이스라엘의 제국주의적 점령에 대한 날카로운 분노를 외면하고서는 다르위시의 시를 제대로 이해할 수 없다.

1964년에 발간된 두 번째 시집 『올리브 잎새들』에 수록된 「신분증」은 이스라엘의 제국주의적 점령에 항의하는 시로 당시 팔레스타인과 아랍 전체에서 널리 읽혔던 대표적인 반제국주의 시이다.

기록하시오!
나는 아랍인이오
신분증 번호는 5만 번이오
아이들은 여덟
여름이 가면 아홉째가 나오오
그래서 당신 화난단 말이오?
기록하시오!
나는 아랍인이오
채석장에서 땀 흘리는 동무들과 함께 일하오

그의 사유를 집대성해 보여준다. 한국 방문 1년 후 다르위시는 심장 수술 과정에서 숨졌다.

그리고 내 아이들은 여덟이오
나는 그들을 위하여 빵 조각을 얻어내오
그리그 옷가지와 공책도
바위로부터…
그리그 나는 당신의 대문으로부터 자선을 구걸하지 않소.
또한 비굴하지도 않소
당신의 현관 앞에서
그래서 당신 화난단 말이오?
기록하시오!
나는 아랍인이오
나는 성도 없이 이름뿐인 놈이오
나라 안의 모든 것이
들끓는 분노 속에서 살고 있는 그런 나라에서
참고 사는 사람이오
나의 뿌리는… 내려졌소
세월이 태어나기도 전에
그리고 영겁이 열리기도 전에
그리고 측백나무와 올리브나무보다 먼저
그리고 풀들이 무성하기도 전에
내 아비는… 쟁기의 가족이오
행세하는 양반이 아니오
그리고 내 할아버지는 농부였소
가문도… 혈통도 없는!
그는 내게 책읽기보다 먼저 태양의 긍지를 가르쳤소
그리고 나의 집 과원지기의 초막은

나무막대와 갈대로 만들어졌소
그래 내 처지가 마음에 드오?
기록하시오
나는 아랍인이오

내 머리 색깔은… 검은색이고
내 눈 빛깔은… 커피색이오
그리고 내 특징은:
나의 머리에 이깔을 두른 쿠피야가 있소
그리고 내 손바닥은 바위처럼 딱딱하오
누구든지 닿기만 하면 할퀴오
내가 제일 좋아하는 음식은
올리브기름과 자아타르요
그리고 나의 주소는:
나는 잊혀진 외딴 마을 사람이오
마을의 거리들은 이름도 없소
그리고… 사내들은 모두… 들판과 채석장에 있소
그래서 화난단 말이오?
기록하시오
나는 아랍인이오
당신은 내 조상의 과원을 빼앗았소
그리고 나와 내 아들들 모두가
경작하던 땅도
그리고 우리에게는… 그리고 나의 자손 모두에게는
아 돌들밖에 남긴 게 없소…

그런데 그마저
듣기로는…
당신들의 정부가 가져간다고?
그렇다면!
기록하시오… 맨 첫머리에
나는 사람을 미워 안 하오
누구도 약탈하지 않소
그러나 나는… 내가 배고팠다 하면
나는 나의 것을 빼앗은 자의 살을 먹을 것이오
조심하시오… 조심하시오… 나의 배고픔을
그리고 나의 분노를![2]

이스라엘 국민이기를 강요하는 관리 앞에서 자신이 아랍인임을 역설하는 한 팔레스타인인의 내면을 통하여 제국주의에 굴복하지 않고 자신의 정체성을 지키려고 하는 팔레스타인인의 기상을 읽을 수 있다. 이스라엘의 지배하에 살고 있지만 자신은 이스라엘인이 될 수 없음을 역설하는 이 시의 목소리는 정도의 차이는 있지만 이 시기 다르위시 시의 주된 정조이다.

자신의 정체성을 지키려고 하는 다르위시의 초기 시들은 나라와 고향을 잃은 사람들이 느끼는 향수로 이어진다. 세 번째 시집 『팔레스타인에서 온 연인』(1966)에 수록된 「팔레스타인에서 온 연인」은

---

2) 마흐무드 다르위시, 「신분증」, 송경숙, 『팔레스타인 문학의 이해』(한국외국어대학교 출판부, 2005), 135〜137쪽에서 재인용.

다르위시의 초기 시 중에서 자신의 의지와는 무관하게 조국을 떠나
유랑할 수밖에 없게 된 팔레스타인인들의 내면을 아주 잘 노래한 작
품이다.

어제 항구에서 그대를 보았다
가족도 없이… 양식도 없이 떠도는 그대를
나는 고아처럼 그대에게로 달려갔다
조상들의 지혜를 물어보려고:
어찌하여 그대는 푸르른 그 들판을 떠나
감옥으로, 유랑의 땅으로, 항구로 가 버렸는지
그대가 떠나갔음에도 불구하고
소금과 그리움의 냄새에도 불구하고,
어찌하여 들판은 그대로 푸르른지?
나는 일기장에 이렇게 쓴다:
나는 오렌지를 좋아한다. 항구를 미워한다
나는 일기장에 이렇게 덧붙인다:
항구에
나는 멈춰 섰다. 세상은 한겨울이었다
우리에겐 오렌지 껍질이 있을 뿐. 내 뒤로는 사막이다![3]

고향은 오렌지나무로 푸르고, 오렌지 향기가 가득하다. 시의 화자
는 오렌지에서 고향을 느낄 수 있기 때문에 오렌지를 좋아한다. 항

---

3) 마흐무드 다르위시, 「팔레스타인에서 온 연인」 부분, 『팔레스타인에서 온 연인』, 송경
　숙 옮김(아시아, 2007), 16~17쪽.

구는 고향과 조국을 떠나 유랑의 길에 접어드는 문턱이다. 이 경계를 넘는 순간 바로 유랑의 길이 시작된다. 고향을 등지지 않고, 조국을 떠나지 않고 살아가고 싶은 마음이 간절하기에 항구를 싫어한다. 다르위시는 이 시를 통해 팔레스타인을 점령한 이스라엘에 대한 강한 분노와 그렇게 점령된 고향과 조국을 떠나야 하는 팔레스타인인들에 대한 뜨거운 연민과 애정을 보내고 있다. 고향에 정주하고 싶은 바람은 그러한 삶을 불가능하게 만든 조건과 환경에 대한 분노로 표출된다. 하지만 그 강한 분노에 이어서 시인은 분노를 삭이면서 고향으로 들아갈 수 있는 희망을 놓치지 않는다.

그러나 나는 성벽과 문 뒤로 추방당한 자
나를 데려가 다오, 그대의 눈 밑으로
나를 데려가 다오, 그대가 어디에 있든
나를 데려가 다오, 그대의 형편이 어떻든
내게 돌려 다오 얼굴과 몸의 색깔을
가슴과 눈의 빛을
빵의 소금과 멜로디를
대지의 맛과 조국을!

나를 데려가 다오, 그대의 눈 밑으로
나를 데려가 다오, 비애의 오두막집 그 한 폭의 유화로
나를 데려가 다오, 내 비극의 경전 그 한 행으로
나를 데려가 다오, 장난감으로라도 … 집의 한 조각 돌로라도

우리의 다음 세대가

집으로 가는 통로들을 기억하도록![4]

유랑의 삶을 끝내고 조국으로 돌아가기를 원하는 마음을 담은 이 시를 쓴 시기는 다르위시가 아직 팔레스타인 지역에 살면서 이스라엘의 감옥을 드나들던 때였다.[5] 설령 팔레스타인인들이 조국을 떠나지 않고 팔레스타인 땅에 머문다 하더라도 그 장소가 이스라엘의 감옥이라면 그것은 또 다른 유랑이다. 다르위시는 이 시에서 자신처럼 이스라엘이 점령하고 있는 땅에서 고향을 잃은 채 살아가는 이들과 팔레스타인 땅에서 추방되어 외국의 땅을 배회해야 하는 이들 모두를 추방된 자로 보고 이들이 고향에 돌아가야 하는 당위성을 절절하게 노래하고 있다. 집으로 가는 통로를 기억하기 위하여 사소한 것이라도 마음에 새겨두고 싶어 하는 마음은 고향으로 귀환해야 한다는 당위성과 그곳으로 귀환할 수 있을 것이라는 간절한 희망의 표현이다.

조국과 고향을 잃은 그로서는 자신의 정체성을 잃지 않기 위하여 온갖 노력을 한다. 이스라엘 점령자들은 원래 팔레스타인인의 정체

---

4) 마흐무드 다르위시, 「팔레스타인에서 온 연인」 부분, 같은 책, 20쪽.
5) 다르위시는 예닐곱 살이던 1948년 이스라엘의 점령 전쟁을 피해 고향을 떠나면서 유랑의 삶이 시작되었다. 1년여의 피난 생활 끝에 가까스로 돌아왔을 때 고향은 유대인들의 키부츠가 되어 있었기에 인근의 다른 마을에서 살아야 하였고, 신분증을 취득하는 데에도 큰 어려움을 겪었다. 시인으로 저널리스트로 활동하며 이스라엘 당국에 수차례 구속되었고, 허가 없이는 마음대로 돌아다닐 수도 없었다. 그는 결국 1970년 팔레스타인 땅을 떠났다.

성은 없었다고 주장하면서 자신들의 점령을 정당화하였다. 시오니스트들은 자신들이 팔레스타인 지역을 점령하고 이스라엘을 세운 것을 땅 없는 사람들이 주인 없는 땅에 정착한 것이라고 표현하였다. '주인 없는 땅'이라는 표현에서 잘 드러나는 것처럼 이스라엘은 팔레스타인인들의 정체성을 전적으로 부정하였다. 그렇기 때문에 시인은 자신과 동포들의 정체성을 노래하는 것이 시인의 임무라고 생각하고 이를 적극적으로 밀고 나갔던 것이며, 이 시는 바로 이러한 노력의 하나였다.6)

다르위시는 이스라엘 점령 후에 고향을 떠나야 했던 사람들이 겪는 고통뿐만 아니라 이스라엘 치하에서 살아가면서 이스라엘의 폭력에 시달려야 하는 사람들의 고통에 대해서도 노래하였다.

> 한때 올리브 숲은 푸르렀지요
> 그랬어요… 그리고 하늘도
> 푸른 숲이었지요… 그랬어요, 여보
> 그런데 이 저녁 무엇이 그것들을 이 지경으로 만들어 버렸나요?
>
> 그들이 오솔길 모퉁이에서 일꾼들의 차를 멈춰 세웠어요
> 그들은 말이 없었죠
> 그리고 그들은 우리를 동쪽으로 돌려 세웠어요… 그들은 말이 없었죠

---

6) 문학가들 이외에 팔레스타인 지식인들은 정체성을 찾기 위해 노력하였는데 Rashid Khalidi의 *Palestinian Idendity*(1997, Columbia University)는 그 대표적인 책이다.

한때 제 가슴은 한 마리 파랑새였어요… 오, 사랑의 둥지여
당신의 흰 손수건을 제가 지니고 있었죠, 그랬지요, 여보
그런데 이 저녁 무엇이 그것들을 더럽혀 버렸나요?
여보, 저는 도무지 알 수가 없어요!

그들이 오솔길 한가운데에서 일꾼들의 차를 멈춰 세웠어요
그들은 말이 없었죠
그리고 그들은 우리를 동쪽으로 돌려 세웠어요… 그들은 말이
없었죠

당신께 제 모든 걸 바치고 싶어요
그늘도 당신께 빛도 당신께
결혼 반지도, 그리고 당신이 원하는 모든 걸
올리브와 무화과가 자라는 텃밭도
매일 밤처럼 오늘도 당신께 갈 거예요
꿈속에서, 창문을 넘어 들어가, 당신께 재스민 한 송이 던질게요
조금 늦어도 절 탓하진 말아 주세요
그들이 저를 멈춰 세웠으니까요

올리브 숲은 언제나 푸르렀지요
그랬지요 여보
그러나 쉰 명의 희생자들이
해 질 무렵 그 숲을…
붉은 웅덩이로 만들었어요…
여보… 절 탓하진 말아 주세요

그들이 저를 죽였답니다… 그들이 저를 죽였답니다…
그들이 저를 죽였답니다…[7]

이스라엘 군인들이 무고한 팔레스타인인들을 죽인 것에 분노하면서 쓴 시이다. 무고함을 더욱 강조하기 위하여 귀가하다가 살해 당한 여인을 화자로 설정하여 이스라엘 군대의 비인도적 측면을 더욱 돋보이게 하고 있다. 평화의 땅이 살육당한 사람들의 피로 물드는 참혹한 상황을 목소리를 높이지 않고 아주 차분하게 노래함으로써 오히려 그 비극성을 한층 더 고조시키고 인류애를 가진 이들에게 더욱 강렬하게 호소하고 있다.

1970년 이후 다르위시는 팔레스타인 땅을 떠나 외국의 여러 곳을 떠돌아다니게 되면서 망명이 시작되었다. 그는 망명의 험난하고 외로운 여정을 거치면서도 조국과 자신을 묶는 끈을 놓지 않으려고 애를 썼다. 그가 두려워한 것은 어쩌면 이스라엘의 점령보다도 자신의 마음속에서 조금씩 옅어지기 시작하는 조국에 대한 간절한 기억과 추억인지도 모른다. 고향 땅과 자신을 묶어주는 기억들이 조금씩 옅어지는 것은 망명을 견딜 수 있는 힘이 없어지는 것이고, 나아가 이스라엘의 점령에 맞서 싸울 용기를 잃어버리는 것일 터이다. 그렇기 때문에 외국에서의 떠돌이 생활을 하면 할수록 점점 더 고향과 조국의 땅을 가까이 하고 싶은 노력을 하게 마련이다. 1986년에 출간된

---

7) 마흐무드 다르위시, 「피살자 번호 18」 전문, 『팔레스타인에서 온 연인』, 52~54쪽.

시집 『더 적은 장미들』에 수록된 시 「나는 거기서 왔다」는 그러한 시인의 결의를 잘 보여주고 있다.

나는 거기서 왔다. 네게는 추억들이 있다. 사람들이 태어나듯 나도 그렇게 태어났다. 내게는 어머니와 창문이 많은 집이 있다. 내게는 형제들과 친구들, 그리고 창문이 차디찬 감옥이 있다. 내게는 바다갈매기들이 낚아채 간 파도가 있다. 내게는 나만의 풍경이 있다. 내게는 자라나는 풀이 있다.

내게는 언어의 가장 먼 곳에 달 하나와 새들의 양식, 그리고 영원의 올리브나무가 있다.

나는 이 땅을 걸었다 칼이 사람을 쳐 희생 제물로 바꾸기 전에.

나는 거기서 왔다. 하늘이 자기 엄마 생각에 울면 나는 하늘을 그 엄마에게로 돌려보내고, 돌아가는 구름 한 쪽 날 알아보라 운다.

나는 법칙을 깨기 위해 피의 법정에 적합한 모든 말을 배웠다.

나는 모든 말들을 배웠다. 그리고 오직 하나의 어휘를 조립하려고 그 말들을 해체했다

그것은: 조국…8)

다르위시는 망명 생활을 하면서 조국과 멀어지지 않기 위하여 가능한 모든 기억의 수단을 사용하였다. 그에게 시는 사랑과 분노를 기억하는 가장 섬세하고 예리한 길이기도 하였다. 고향의 사람, 나무, 구름 등을 통하여 끊임없이 조국에 대한 기억을 환기시켰다. 고향을

---

8) 마흐무드 다르위시, 「나는 거기서 왔다」 전문, 같은 책, 108쪽.

기억할 수 없게 된다면, 기억이 사라진다면 망명의 삶을 지탱하기가 힘들 것이다. 그렇기 때문에 시인은 언어를 통해, 시를 통해 조국을 불러오는 것이다. "매일 아침 유명한 아랍어 사전을 네 쪽씩 소리 내어 읽는"9)다는 그의 오래된 버릇도 추방당하여 외국에 살면서 스스로 버티기 위하여 고안한 노력의 일환이 아닐까?

하지만 조국에서 추방되어 외국에서 유랑의 삶을 버텨나가는 데에는 언어만으로는 부족하고 관념만으로도 한계가 있다. 일상의 감각이 없다면 분노도 저항도 가뭇 사라질 수 있는 것이다. 그렇기 때문에 그는 항상 일상의 기억을 더듬어서 시를 쓰려는 노력을 하였다. 「이 땅에는」는 그러한 노력의 일단이라고 할 수 있다.

> 이 땅에는 그래도 그 때문에 살 만한 것들이 있소: 4월의 망설임, 새벽의 빵 냄새, 남정네들을 위한 여인의 부적, 에스킬러스의 책들, 사랑의 처음, 돌 위의 풀, 파리 소리에 한숨짓는 어머니들, 그리고 기억에 대한 침략자들의 두려움.

> 이 땅에는 그래도 살 만한 것들이 있소: 9월의 마지막 날들, 마흔을 넘겼어도 젖무덤 고운 여인, 감옥에 해 드는 시간, 짐승의 무리를 그대로 닮은 구름들, 웃으며 죽음을 향해 오르는 이들에게 바치는 사람들의 환호, 그리고 노래에 대한 폭군들의 두려움.

> 이 땅에는 그래도 살 만한 것들이 있소: 이 땅에는 대지의 여인,

9) 송경숙, 『팔레스타인 문학의 이해』, 158쪽.

> 모든 시작과 끝의 어머니가 있소. 그녀는 팔레스타인이라고 불렸다
> 오. 팔레스타인이라고 불리게 되었다오. 나의 여인이여, 나는 살 만
> 하오, 그대가 나의 여인이기에, 나는 살 만하오.10)

이스라엘 점령자들은 팔레스타인인들이 자신들의 과거의 역사를 기억하지 않게 되기를 바란다. 이스라엘이 점령했다는 것도, 그 이전에 이 땅이 팔레스타인인들의 영역이었다는 것도 모두 기억 속에서 희미해지기만 기다린다. 하지만 시인과 팔레스타인인들은 기억을 간직하고 곱씹으면서 점령에 저항하는 것이다. 때로는 기억이 그 어떤 무기보다도 더 강한 힘을 갖는 것이다. 이스라엘 점령자들은 팔레스타인인들이 모여 자신들의 단결을 과시하는 노래를 부르는 것을 무서워한다. 흩어져 있다가도 하나가 되어 노래를 부르면 이 역시 그 어떤 무기보다도 강한 힘을 보여주는 것이다. 노래는 절망하지 않았다는 증거이기 때문이다.

다르위시는 정체성을 노래한 시인이었다. 이스라엘이 망각을 요구할 때 기억의 언어를 통하여 정체성을 더욱 강화시켜나갔다. 하지만 이 상태로 가게 되면 정체성의 바다에 빠질 수도 있다는 것을 시인은 깨닫는다. 정체성을 찾으려고 하는 노력이 깊어지면 깊어질수록 그 위험성 역시 비례해서 커지게 된다. 팔레스타인 지역을 점령하고 이스라엘을 세운 유대인들은 과거 한때 유럽의 억압을 받아 심한 고

---

10) 같은 책, 107쪽.

통을 겪었지만 지금은 오히려 자신들이 그러한 억압을 되풀이하고 있다. 그런 것을 보면서 시인은 반제국주의 투쟁이 또 다른 위험을 내장하고 있으며 정체성의 정치학은 한정적이어야 한다는 것을 알게 된다. 정체성의 바다에 익사하지 않기 위한 노력은 특히 그가 1986년 파리에 머물게 된 이후에 가속화된다.

2. 공존의 상상력과 타자의 서정서사시

파리 시절 다르위시의 시들은 제국주의에 대한 비판을 한층 더 근본적으로 행하고 있다. 이스라엘의 유대인들은 과거 나치 시절의 인종주의에 의해 심한 고통을 받았는데 이제는 자신들이 타종족인 팔레스타인인들에게 고통을 주고 있었다. 자신들이 당했던 고통을 계속 말하고 기억하면서도 거꾸로 자신들이 다른 사람에게 준 고통에 대해서는 눈을 감고 말하지 않았다. 다르위시는 1962년 가자 지구에 관한 시를 낭송하였다가 혁명을 자극하였다는 혐의를 받은 이래 이스라엘 당국에 쫓기는 몸이 되었던 것이다. 그런데 그런 이스라엘을 비판하는 팔레스타인이 이스라엘이 행한 방식을 그대로 되풀이한다면 그것은 옳지 않고 또 널리 공감을 받지 못할 것은 분명하다. 파리 시절의 다르위시는 이러한 깨달음에서 나온 시들을 발표한다. 이 시기의 시에서 우리가 확인할 수 있는 새로운 면모는 바로 새로운 깨달음에서 나오는 것이다.

1992년에 나온 시집 『일곱 개의 행성』에 수록된 서정서사시 「백인에게 보내는 인디언의 연설」은 다르위시의 반제국주의적 태도가 한층 확장된 모습을 보여주고 있어 주목을 요한다. 다르위시는 전통적인 서정시와는 다른 서정서사시 장르를 통해 팔레스타인인들의 현실을 역사와 신화 속으로 확장함으로써 현재 이스라엘 점령하에 있는 암담한 상황을 극복할 수 있는 가능성과 대안을 모색하였다. 마치 네루다가 마추픽추를 답사한 후 아메리카 대륙의 역사를 통찰하고 이를 장시에 담으려고 하였던 것과 비슷하다. 네루다는 유럽인들이 아메리카 대륙에 들어오기 이전의 삶을 역사와 신화를 통해 재구성함으로써 아메리카의 전통을 발견하고 이를 유럽의 제국주의에 맞서는 지적 자산으로 삼고자 하였던 것이다.

「백인에게 보내는 인디언의 연설」은 다르위시가 작품 활동을 시작한 처음부터 추구해온 팔레스타인인들의 고통과 희망을 이야기하는 문학 세계에 이어져 있지만 그것을 역사와 신화 속으로 확장시켜 현재 팔레스타인인인들이 겪는 문제를 인류의 보편적인 문제로 확대시켰다. 현재의 문제를 역사와 신화 속으로 확장시키기 위해 서정서사시 장르가 활용된 것이다. 그래서 「백인에게 보내는 인디언의 연설」은 현재 팔레스타인이 겪는 억압적 현실을 긴 역사적 흐름 속에서 보고 있다. 이 시는 널리 알려져 있는 '시애틀 추장의 연설'을 새롭게 해석한 것으로 이베리아 반도 안달루시아 지역에서 아랍인이 축출된 역사와 콜럼버스가 아메리카 대륙을 점령하면서 인디언을 몰아

낸 역사를 연관시켜 다루었다. 다르위시는 서구의 백인이 아메리카 대륙의 인디언 추장에게 땅 매매계약을 하자고 하는 것은 그들이 갖고 있는 공업화의 힘에 바탕을 둔 침략이라고 강력하게 비판하였다. 당시 인디언들은 조상 대대로 살아온 땅을 매매의 대상으로 삼는다는 것이 어떤 일인지 상상할 수도 없었기 때문이다. 그렇기에 서구 백인이 궁극적으로 확보하는 것은 생명이 아니고 죽음일 뿐이라고 경고하면서 서구 백인 이주자들이 인디언의 땅을 사들인 것은 유럽인들이 안달루시아 지역에서 아랍인을 축출한 역사에 이어지고 있는 행위임을 강하게 환기시켰다. 이렇게 시애틀 추장의 연설에는 없었던 것을 안달루시아 지역의 역사에 확장하여 해석하면서 다르위시는 현재 이스라엘이 서구의 지원을 받아가면서 팔레스타인을 지배하는 것에 연결시키고 있다.

다르위시가 1993년의 오슬로 평화협정에 반대한 것은 이스라엘과 팔레스타인의 공존을 무시하는 것이 아니다. 다르위시 역시 이스라엘이 1967년 전쟁 시 점령한 지역을 되돌리고 이스라엘과 팔레스타인이 두 개의 국민국가로 나란히 공존할 것을 분쟁의 대안으로 생각한다. 그런데 오슬로 평화협정은 팔레스타인의 자치를 허용하는 데 그쳤고 팔레스타인의 민족적 자율성을 훼손하는 것이기 때문에 받아들일 수 없었다. 이러한 그의 생각은 두 민족이 겹쳐 공존하였던 과거의 역사를 추적하는 작업으로 이어졌다. 「사해의 가나안 돌에 대하여」는 이러한 시적 성취로서 중요하게 기억해야 할 시이다. 롯의 자손이 시적 화자로 등장하는 이 시는 이스라엘의 조상과 팔레스타인의 조상이 섞여 살았던 팔레스타인 지역의 역사를 이스라엘의 전사로서만 이해하는 것에 대한 강한 비판을 담고 있다. 롯은 아브라함의 조카로서 이스라엘인의 기원을 가지고 있다 하더라도 그가 살았던 소돔 지역은 분명 다른 문명권에 속해 있기 때문에 롯의 자손들은 서로 다른 문명권이 섞여 이루어졌을 것이다. 따라서 마땅히 이 두 가지가 공존하면서 전해 내려와야 하는데 롯의 자손들은 그동안 자신의 정체성에 대해서 이야기할 수 있는 기회가 없어 일방적으로 침묵당하였다. 이런 일이 일어난 것은 이스라엘이 이 지역을 점령한 후 이스라엘에 복무하는 역사가와 시인들이 역사와 신화를 이스라엘의 성서에 근거하여 일방적으로 해석하고 이를 후세에 전수하면서 그 이외의 것은 억압하였기 때문이다. 다르위시는 과거 가나안 지역을 다루면서 그동안 이스라엘의 의해 일방적으로 전수되고 해석된 신화를 깨뜨리고자 하였다. 구미 지역에서는 이스라엘의 입장에서 해석되는 과거가 일방적으로 통용되었기 때문이다.

그런 저작들이(성서연구서) 그 지역을 팔레스타인이라고 언급하기는 하지만 그 거주자들을 팔레스타인인이라고는 절대로 기술하지 않는 것은 팔레스타인의 역사를 부정하고 침묵시키는 것이다. 우리는 특정한 땅에 대해서 그 거주자들은 이름도 없고 존재도 없다는 이미지를 지속적으로 주입받고 있다. 팔레스타인의 역사는 이스라엘의 역사와 함께해야만 비로소 실질적으로 시작되며 이스라엘 역사와 시간적 공간적 경계를 같이한다. 일이 이렇게 된 까닭은 이런 저작들의 관심의 초점이 이스라엘 역사에 맞추어져 있어서도 아니고 이런 저작들의 설명이 이스라엘이 역사의 무대에 출현하는 시점부터 시작되어서도 아니다. 근본적인 원인은 이 모든 저작들이 이스라엘이나 이스라엘인이 존재하기 이전의 시기들을 언급한다는 데 있다. 이 모든 저작물들은 '팔레스타인의'라는 형용사를 물질적 배경이나 경제와 같은 무생물적 대상에 붙여서 기술하는 것은 용인하지만 그 거주자들에 대해서만은 팔레스타인인이라는 용어의 사용을 의도적으로 거부하고 있다. 그 지역의 거주자들에 대해서 동일한 자격을 부여하는 형용사의 사용을 거부한다는 것은 그들의 존재와 그들의 역사를 부정하는 것이다. (중략) 객관적인 학문연구로 제시되는 해석 행위는 서양의 연구교육기관에서 중요할 뿐만 아니라 현재에 대한 지배적인 이해, 즉 이스라엘이라는 근대국가가 비어 있는 불모의 땅을 일구어 꽃을 피웠다는 오늘날의 지배적인 이해와 복잡하게 엮여 있다.[11]

이처럼 이스라엘인의 역사만을 탐구하고 팔레스타인인들의 역사에 대해서는 침묵하고 있는 것이 구미와 이스라엘의 역사 연구이다. 따라서 다르위시는 이러한 지적 흐름을 깨고 새로운 공존의 역사상을 제시하기 위하여 가나안 지역의 역사를 다루게 된 것이다. 다르위시가 기대하는 것은 바로 나와 타자가 공존하는 세계이다. 이것은 현재의 힘에 의지하여 과거를 일방적으로 해석하는 내셔널리즘의 틀

---

11) 키스 휘틀럼, 『고대 이스라엘의 발명—침묵당한 팔레스타인 역사』, 김문호 옮김(이산, 2003), 76~77쪽.

에서 벗어나 과거를 그 당시의 공존 자체에 의거하여 보고자 하는 열망의 표현이다. 이는 이스라엘과 서구가 팔레스타인 지역 점령을 합리화하기 위하여 그곳에 살고 있던 이스라엘인만 강조하고 동시대에 같이 살았던 팔레스타인은 언급하지 않는 일방주의에 대한 비판이다. 구미와 이스라엘의 일방적인 역사 해석을 비판하면서 팔레스타인의 역사를 회복하려고 하는 다르위시의 노력은 분명 정체성의 추구이지만 이스라엘과 팔레스타인의 공존을 말한다는 점에서 이는 대위법적 상상력의 소산이라 할 수 있다. 다르위시는 내셔널리즘에 기대지 않고 제국주의를 비판하는 것이 가능하다는 것을 보여준 셈이다.

3. 내셔널리즘을 넘어서

1996년 이후 다르위시는 팔레스타인 자치구인 라말라로 돌아와 활동하였다. 1970년 모스크바 유학을 위해 이스라엘 땅을 떠난 이래 1996년 라말라에 거주할 때까지 30년 가까이 이집트, 레바논, 튀니지아, 프랑스 등지를 유랑하면서 시작 활동과 정치 활동을 하였던 그가 조국에 돌아왔지만 조국은 여전히 이스라엘의 점령하에 있었다. 그의 고향인 바르와는 현재 이스라엘의 영토에 속하기 때문에 돌아갈 수 없었고, 대신 자치 지구인 요르단 강 서안에서 생활하는 것을 허락받았다.12) 다르위시에게 팔레스타인 자치 지구는 외국은 아니지만 자기의 땅도 아니었기에 그는 외국 유랑을 마치고 내적 유랑에 들어서게 되었다. 요르단의 암만과 팔레스타인의 라말라를 오고 가면서 시작 활동을 하였던 그가 이 무렵을 전후하여 낸 시집들은 앞의 것과는 다른 새로운 차원을 이루었다.

시집 『낯선 여인의 침대』(1995)에 수록된 시 「유랑이 없다면, 나는 누구란 말인가?」는 정체성의 정치학에서 벗어나 타인을 발견하고 마침내 내셔널리즘을 넘어서는 해방을 모색하는 경향을 보여주는 작품이다.

강 언덕 위의 나그네, 강처럼… 강물은
너의 이름에 나를 묶는다. 그 무엇도 내가 있는 이 먼 곳으로부터
나의 야자나무로 나를 돌려보내 주지 않는다: 평화도 전쟁도, 그
무엇도 나를 복음서로 들여보내 주지 않는다. 그
무엇도 … 티그리스 강과 나일 강 사이 썰물과 밀물의 해안에는
그
무엇도 빛나는 것은 없다. 그
무엇도 파라오의 배에서 나를 내려 주지 않는다. 그
무엇도 나를 품어 주거나 내게 생각을 품게 해 주지 않는다: 그리
움도

약속도. 무엇을 할 것인가? 무엇을
나는 할 것인가? 유랑이 없다면,

---

12) 송경숙, 『팔레스타인 문학의 이해』, 133쪽.

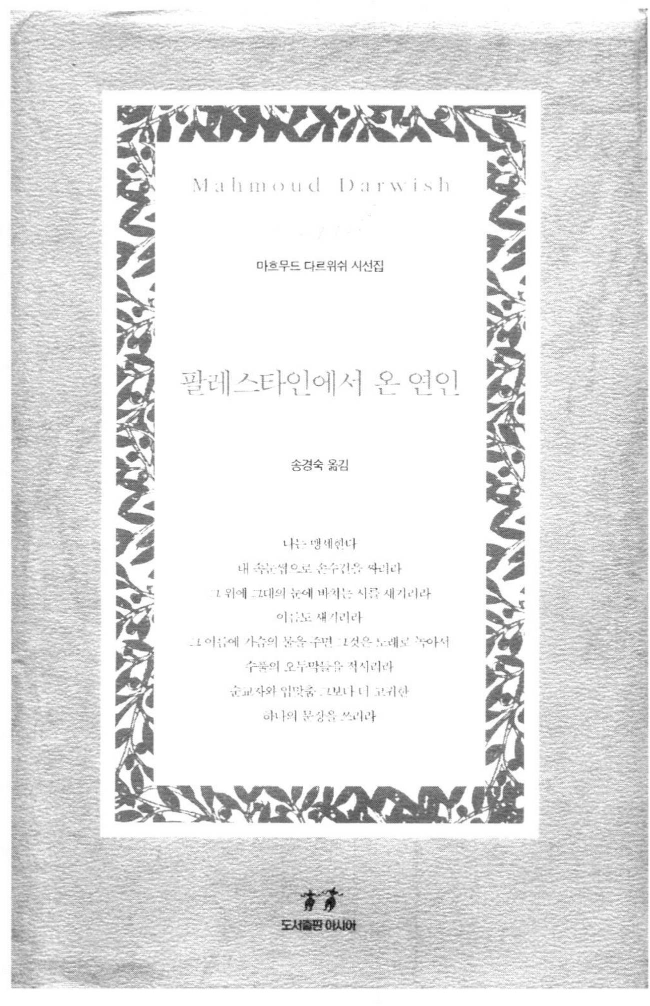

마흐무드 다르위시는 2007년에 한국을 방문하여 아시아 아프리카 문학 축전에 참가한 바 있는데 그것을 기념하여 팔레스타인 문학을 전공하는 송경숙 교수가 다르위시의 시선집을 편역하였다. 심장 질환이 있음에도 불구하고 먼 나라를 방문하였던 다르위시는 2년 후에 세상을 떠났다. 이 시집이 현재까지 한국어로 번역된 유일한 그의 시집이다.

그리고 긴 밤이 없다면
강물을 응시하는 이 긴 밤이?

나를 묶는다
너의 이름에
강물은…
내 꿈의 나비들로부터 그
무엇도 나를 현실로—흙이 됐든 불이 됐든—데려오지 못한다. 무엇을
할 것인가, 사마르칸드의 장미가 없다면? 무엇을
할 것인가, 달빛 머금은 돌로 노래하는 이들을 단련시키는
무대에서? 우리는 먼 바람 속 우리들의 집만큼
가벼워졌다. 우리는 구름 속 이상한 존재들과도
친구가 되었다… 그리고 우리는 정체성의 땅
그 중력에서 풀려났다. 무엇을 할 것인가… 무엇을
우리는 할 것인가, 유랑이 없다면,
그리그 긴 밤이 없다면
강물을 응시하는 이 긴 밤이?

나를 묶는다
너의 이름에
강물은…
내게 남은 건 너 하나뿐, 너에게 남은 건
오직 나 하나뿐. 나그네는 자기 나그네의 허벅지를 애무한다: 오
나그네여! 우리에게 남은 이 고요 속에서 우리는 무엇을
할 것인가… 두 전설 사이의 낮잠 속에서?

그 무엇도 우리를 품어 주지 않는다: 길도 집도
이 길은 이랬던가, 처음부터,
아니면 우리의 꿈이 언덕에서
몽골의 준마들 가운데 한 암말을 찾아
그것이 우리를 바꿔 놓았나?
그런데 무엇을 할 것인가?
무엇을
우리는 할 것인가
유랑이
없
다면?13)

시인 스스로 "정체성의 땅/그 중력에서 풀려났다"라고 할 정도로 이 무렵에 오면 과거와 같은 정체성 탐구는 하지 않게 된다. 이러한 그의 태도는 1993년 오슬로 평화협정을 전후한 시기부터 강하게 드러났다. 다르위시는 아라파트가 지도하는 팔레스타인해방기구에 참여하여 줄곧 활동해왔지만 오슬로 평화협정이 체결되자 이에 항의하는 의미에서 팔레스타인해방기구를 탈퇴하였다. 팔레스타인의 자치와 이스라엘의 존재를 원칙적으로 인정한 이 협정이 팔레스타인의 자결권을 확보하는 것이 아니라 이스라엘에 굴복하는 것이라고 생각하였기 때문이다. 과거 그가 떠돌아다닐 무렵만 하여도 힘들고 고통스러웠지만 미래의 독립에 대한 열망도 컸고 또한 희망도 확고하였

---

13) 마흐무드 다르위시, 「유랑이 없다면, 나는 누구란 말인가?」 전문, 『팔레스타인에서 온 연인』, 123~125쪽.

다. 하지만 오슬로 평화협정 이후 팔레스타인의 앞날은 더욱 불투명해졌다. 섣부르게 미래를 예측할 수 있는 여건이 아닌 것이다. 그렇다고 해서 그가 이 무렵에 이르러 독립과 자유에 대한 열망을 포기하거나 접은 것은 결코 아니다. 오슬로 협정을 비판한 것은 팔레스타인의 민족적 자결성을 고수하기 위한 것이었고 또한 민족적 자결성은 어떠한 희생을 치르더라도 획득해내야 한다는 생각이 있기에 가능하였던 것이다. 바뀐 것이라면 과거와 같은 낭만적 현실인식을 더는 하지 않는다는 것이다. 그런 방식으로 세상을 노래할 수는 없다는 것이다.

다르위시는 파리에 거주할 무렵부터 이러한 생각을 하고 있었지만 마음의 짐이 커서 쉽게 새로운 세계로 나아가기 어려웠던 것으로 보인다. 하지만 비록 이스라엘 치하이기는 하지만 '고국'인 서안 지구로 돌아왔기 때문에 다소 마음의 짐을 내려놓고 이전과는 다른 양상으로 자기 목소리를 낼 수 있었던 것이다. 「유랑이 없다면, 나는 누구란 말인가?」를 비롯하여 시집 『낯선 여인의 침대』는 이러한 경향의 시를 묶어놓은 것이다.

이렇게 마흐무드가 정체성 탐구에서 해방되어 새로운 출발을 하려고 하였을 때 그의 주변에서는 이를 용납하지 않는 비판이 거세었다. 마흐무드의 오랜 친구인 팔레스타인 소설가는 다르위시가 더는 팔레스타인에 대해서는 노래하지 않고 오로지 자신의 사적인 욕망에만 국한하여 시를 쓰고 있으며 이 시집에 들어 있는 시들은 연애시를 모아놓은 것처럼 보인다고 힐난하였다고 한다.14) 그의 동료인 팔레스타인 비평가 파이잘 다라쥐는 다르위시가 2005년에 낸 시집 『아몬드 꽃과 그 너머』에는 사이드의 죽음 이후 그에게 바친 시 한편을 제외하고는 어떤 시도 팔레스타인에 대한 언급이 없다15)고 평하였다. 실제로 이 시집에는 우주 속에서의 자아를 이야기한 시만이 들어 있다. 그리고 다면적인 목소리들의 혼합 속에서 자신의 정체성을 지키려고 한다. 자신을 중심으로 타자를 보려고 하는 것이 아니라 타자의 입장에서 자신을 보는 노력을 하고 거기서 인간의 삶과 우주를 끄집어내려고 노력하는 것이다.

2008년 작고하기 전에 자신의 죽음을 예감하면서 만든 책 『부재의 임재』에서는 시도 산문도 아닌 새로운 형태의 글을 만들고자 하는 다르위시의 노력을 확인할 수 있다. 아랍어의 음악성을 최대한 실현하고자 하였던 그의 의도는 영문으로 번역된 글에서도 그 음악성이 느껴질 정도로 돋보인다. 다르위시는 "유랑은 자신에 속하지 않은 것들에 대해서 숙고하고 존경하도록 자신을 훈련시키는 것"16)이라고 쓸 정도로 유랑이 갖는 공감력을 높이 사고 있다. 역사적 억압과 고통 속에서 나온 유랑의 의미를 완전히 망각하고 이것을 단지 인간의 존재 조건으로만 일방적으로 해석하는 것에 대해서 여전히

14) Mahmoud Darwish, *The Adams of Two Edens*(Syracuse University Press, 2000), 19쪽.
15) Faysal Darraj, "Transfigurations in the Image of Palestine in the Poetry of Mahmoud Darwish", *Mahmoud Darwish - Exile's Poet*(Olive Branch Press, 2008), 74쪽.
16) Mahmoud Darwish, *TIn the Presence of Absence*, Sinan Antoon trans.(Archipelago Press, 2011), 82쪽.

비판적인 다르위시가 유랑을 세계 이해와 공감의 중요한 통로로 찬미하는 것은 내셔널리즘의 폐해로부터 벗어나는 것이기도 하다.

　　자발적인 유랑도 있다. 자발적 유랑자는 삶의 또 다른 조건들이나 새로운 지평을 추구한다. 자발적 유랑자는 은둔 상태와 높은 곳, 먼 곳을 향한 사색과 관조의 상태를 추구한다. 유랑자는 자신이 모험을 감행할 능력이 있는지, 그 모험을 넘어 미지의 세계로 나아가 인간의 경험 세계로 뛰어들 능력이 있는지를 시험한다. 자발적 유랑자에게는 모든 인간 존재가, 아담과 하와의 자손으로서 인류가 역사적 심판을 받은 이래, 유랑의 한 형태에 다름 아니다!

　　세상에는 자신과 자신의 과거 사이의 거리를 자신과 공간을 좀더 분명하게 비춰보는 거울로 삼기 위해 자발적으로 유랑을 택하는 문인들이 있다. 또한 가장 널리 퍼진 언어의 문화에 참여하기 위해, 또는 높은 자의 강력한 언어를 사용하여 바로 그 높은 자에게 복수하기 위해 언어적 유랑을 택하는 문인들이 있다.

　　그리고 자신의 소외와 동시대인의 소외를 하나로 결합시키기 위해서는 유랑보다 더 나은 장소가 없다고 여기는 문인들이 있다. 이들은 인류의 상실을 표현하기 위해 유랑을 만들어낸다. 이들은 또한 유랑의 문학이 문화적 경계를 초월하며 문화 간의 상호작용을 형상화하고 인간의 경험을 뭉뚱그려 하나의 도가니에 녹여내는 능력이 있다는 점을 우리가 믿도록 설득하였다. 이들은 우리로 하여금 다시 한번 '민족 문학'과 '세계 문학'이란 개념을 동시에 되돌아보도록 하였다. 이 문인들은 경계를 부수고 유랑의 위험을 극복하였으며, 구성 요소의 다양성을 통해 자신들의 문화적 정체성을 풍요롭게 하였다.[17]

정주를 거부하고 자발적 유랑을 선택하는 것은 매우 중요한 일이고 또한 자연스럽고 미래지향적이기도 하다. 인간의 근원적 상실감을 노래하는 것이 문학인들의 일이고 보면 유랑을 이야기하는 것이 문학인들에게는 너무나 자연스럽다. 또한 국민국가 체제 속에 살게끔 강요되고 있는 근대 세계에서 이 경계를 넘어서기 위해서는 한 곳에 정주하지 않고 국경을 비롯한 다양한 벽을 뛰어넘는 것 역시 문학인들이 행하는 자연스러운 지적 모험이라고 할 수 있다.

인간의 근원적 상실감의 재현, 국민국가의 국경을 넘어서는 일 등을 위해서는 스스로 유랑의 자세를 견지하여야 한다. 이 지점에서 다르위시의 시가 우주적 차원에서의 자아를 다루게 되는 것이다. 이러한 인간 보편의 삶으로서의 유랑은 제국주의의 외적 폭력으로 인한 망명을 겪어야 하는 데에서 나오는 추방으로서의 유랑과 배치되지 않는다. 얼핏 보면 이 둘은 공존하기 어려운 것처럼 보이지만 궁극적으로 다르위시의 시에서 함께 존재한다. 다르위시가 이스라엘이 검문소 등을 통하여 팔레스타인의 인간성을 말살하려고 하는 극악한 상황에서 일상의 인간성을 노래하고 이를 지키는 것은 그 자체로 저항이라고 주장하는 것은 그런 차원에서 충분히 설득력이 있다.[18]

다르위시는 구미 제국주의와 그것에 빌붙어 자신을 팽창시키고 있는 이스라엘에 대해 강한 비판을 행한다. 하지만 제국주의에 대한

---

17) 마흐무드 다르위시, 「유랑에 대하여」, 『아시아』 2008년 봄호, 138~139쪽.
18) Mahmoud Darwish, *If I were Another*(Farrar.Straus and Giroux, 2009), 27쪽.

비판이 내셔널리즘으로 이어지는 것은 또 다른 폭력에 굴복하는 것이라고 믿기에 이를 스스로 차단하였다. 내셔널리즘은 모방된 오리엔탈리즘에 지나지 않는다는 것을 너무나 잘 알고 있기 때문이다. 과거 자신들이 받았던 억압과 고통을 잊어버리고 남의 종족에게 새로운 억압을 가하면서 이를 문명화의 행위로 간주하는 이스라엘의 행동이 바로 이 모방된 오리엔탈리즘이라는 것을 잘 알고 있기에 이를 되풀이하지 않으려고 하였던 것이다. 이렇게 내셔널리즘이 아닌 방식으로 제국주의를 비판할 수 있는 지적 거점을 마련한 것이야말로 다르위시의 시가 현대 아시아문학에 남긴 큰 유산이라 하겠다.

사하르 칼리파

1. 아시아 페미니즘의 길:
여성의 눈으로 보는 팔레스타인 해방

팔레스타인은 현재 이스라엘의 점령하에 있기 때문에 식민지 이후의 많은 다른 비서구 국가들과는 달리 반제국주의가 지상의 과제로 되고 있는 지역이다. 팔레스타인 내부에서 이스라엘로부터의 독립을 바라지 않는 사람은 거의 없을 것이다. 그만큼 팔레스타인 내부에서 반제국주의는 확고부동한 것이다. 하지만 반제국주의 지향이 내셔널리즘으로 전화될 때 이는 내부의 억압으로 둔갑하기도 한다. 식민지에서 벗어난 나라들이 식민지 이후 국민국가 건설 과정에서 행하는 억압적인 양상들은 이미 적나라하게 드러나 있다.

팔레스타인의 여성 소설가 사하르 칼리파는 그런 점에서 매우 중요한 작가이다. 그녀는 서구 제국주의와 그 이데올로기인 오리엔탈리즘을 비판하는 데에서 그치지 않고 그 반제국주의가 갖고 있는 반서방주의로서의 아시아 오리엔탈리즘과 내셔널리즘의 위험성도 동시에 비판하고 있기 때문이다. 이러한 지적 작업을 그녀가 페미니즘의 차원에서 행하고 있는 것은 더욱더 의미가 크다. 앞에서 보았던 것처럼 마흐무드 다르위시도 유랑의 의미를 더욱 확대하여 구미 오리엔탈리즘뿐만 아니라 모방된 오리엔탈리즘으로서의 내셔널리즘을 동시에 비판하였다. 그런데 사하르 칼리파가 페미니즘의 차원에서 이러한 비판을 수행한 것은 다르위시의 작업보다 훨씬 더 어려운 작업이었다. 왜냐하면 아랍 국가에서 여성 문제를 말하는 것은 어려울 뿐만 아니라 매우 위험한 일일 수 있기 때문이다.

여성 문제에 대한 사하르 칼리파의 인식은 구미 오리엔탈리즘과 아시아 오리엔탈리즘을 동시에 넘어서는 기획이기 때문에 매우 중요하다. 이를 이해하기 위해서는 우선 두 태도가 아랍 여성에게 요구하는 것을 이해할 필요가 있다. 구미 오리엔탈리즘은 문명화의 이름 하에 야만의 상태에 있는 아랍 여성들을 구하겠다고 나섰다. 이슬람의 가부장적 전통 속에서 신음하는 아랍 여성들을 구해내는 것은 서구 지식인들의 사명이라고 믿고 아랍인들을 계몽하고, 아랍의 가부장적 전통을 철폐하고, 가부장제에 아랍 여성들이 저항하는 것을 적극적으로 옹호하기 위해서는 유럽이 아랍을 통치할 수밖에 없다는 것이다. 이러한 논리로 이들은 자신들이 속한 유럽 국가가 아랍에

행하는 제국주의적 행동에 대해서는 아무런 언급도 하지 않을 뿐만 아니라 심지어는 문명화의 일환으로 적극적으로 옹호하기조차 한다. 그런가 하면 아시아 오리엔탈리즘의 한 형태인 이슬람부흥주의는 전통의 이름으로 서구의 타락으로부터 아랍 여성들을 보호한다고 자처하였다. 잘 알려져 있는 것처럼 이슬람부흥주의는 과거의 이슬람 전통을 현재에도 그대로 지켜야 한다고 믿으면서 황금시대의 과거를 그리워한다. 그들은 과거 자신들이 견지하던 '미풍양속'으로서 온갖 형태의 여성에 대한 억압도 그대로 지켜야 한다고 주장한다. 왜냐하면 그것들은 여성을 억압하는 것이 아니라 서구적인 타락으로부터 여성을 보호하는 장치라고 믿고 있기 때문이다.

사하르 칼리파는 이를 적극적으로 비판한다. 사하르 칼리프가 보기에 서구의 제국주의 침략과 지배에 맞서 여성들이 싸우는 것과 아랍 여성들이 자신들을 해방시키는 것은 양립 불가능한 것이 결코 아니다. 서구의 페미니스트들이 페미니즘의 이름하에 자신들이 속한 유럽 국가들이 행하는 제국주의적 지배에 대해 눈을 감거나 여성 문제를 그것과 분리시키고, 아랍 여성들에게 여성운동에만 치중하라고 요구하거나 심지어는 반제국주의 운동은 여성운동에 배치된다고 하는 것은 옳지 않다고 비판한다. 이러한 주장은 모두 구미 오리엔탈리즘에 지나지 않는다고 본다. 또한 아랍 여성의 한 사람으로서 사하르 칼리파는 이슬람부흥주의의 고수를 주장하는 것은 서구 제국주의의 핑계를 대면서 실제로는 가부장적 전통하에서 남성들이 누려온 특권을 지키기 위해 만들어낸 허위의식이라고 규정하면서 강하게 비판한다.

2. 오슬로 평화협정 이후의 팔레스타인 반제국주의 투쟁과 『유산』의 문제성

2.1. 오슬로 평화협정 이후의 팔레스타인

팔레스타인 문학의 복합성을 잘 드러내주는 작품 중의 하나가 1997년에 발간된 사하르 칼리파의 『유산』이다. 이 작품은 이른바 1993년 오슬로 평화협정 체결 이후의 팔레스타인을 배경으로 하고 있다는 점에서 매우 의미심장하다.

오슬로 평화협정은 팔레스타인 역사에서 한 분기점을 형성한다고 할 정도로 문제적이다. 오슬로 평화협정이 체결된 이후 마흐무드 다르위시는 오랫동안 일해왔던 팔레스타인해방기구에서 탈퇴하였고, 에드워드 사이드 역시 이 협정을 계기로 아라파트와 거친 논쟁을 하면서 탈퇴하였다. 에드워드 사이드와 아라파트의 논쟁은 인신공격이라고 느낄 정도로 격심한 것으로, 당시 이 협정을 둘러싸고 반제국주의 내부의 갈등과 긴장이 얼마나 심하였는가를 잘 보여주고 있다[19]. 사이드는 오슬로 평화협정은 부패한 아라파트 자치정부가 자

---

19) 오슬로 협정에 대한 사이드의 비판에 대해서는 그의 책 *The end of the Peace Process* (Granta books, 2000)을 참고.

신들의 기득권을 지키기 위하여 이스라엘 및 미국과 타협한 것이며, 이것은 팔레스타인 인민들이 바라던 민족적 자율성과는 거리가 멀다고 비판하였다. 이에 대해 아라파트는 팔레스타인인들이 싸우고 있을 때 돌 하나도 던지지 않은 사람이 속 편하게 참견하는 분수 넘치는 일이라고 사이드를 공격하였다. 미국에서 살고 있는 사이드의 처지를 겨냥한 것이지만 사이드의 비판이 단순히 외부의 속 편한 비판이 아님은 마흐무드 다르위시가 사이드와 마찬가지로 아라파트의 오슬로 협정 체결을 비판한 데에서 잘 드러난다. 사이드가 드러내놓고 아라파트를 공격한 것과 달리, 마흐무드 다르위시는 이스라엘의 직접적인 공격의 표적이 되고 있는 아라파트를 대놓고 비판하는 것을 삼가려 했기 때문에 간접적인 양상을 취하였지만 오슬로 협정에 대해서 비판적인 것은 마찬가지이다. 마흐무드 다르위시와 에드워드 사이드는 팔레스타인 땅에서 이스라엘을 축출하자고 무조건 주장하는 이들이 아니다. 이들은 이스라엘이 1967년 이전 상태로 물러가고 팔레스타인 국가가 독립하여 그 후 이스라엘과 나란히 공존하는 것을 추구한다. 그런데 오슬로 협정은 팔레스타인 국가 건설과 그에 기반한 두 나라 사이의 공존과는 거리가 멀고 오로지 이스라엘의 계속적인 점령을 인정하는 것에 지나지 않는 것이었다. 이스라엘은 오슬로 협정 이후에도 계속하여 팔레스타인 점령지 내부에 정착촌을 넓혀가고 있는 터라 사이드나 다르위시 같은 이들이 원하던 민족적 자율성에 기초한 두 나라 건설은 요원해 보인다.

오슬로 협정 이후 반제국주의 내부의 갈등과 분화는 이스라엘에 맞선 팔레스타인인들의 저항이 과거와 같지 않을 것이라는 점을 의미한다. 1967년 전쟁의 패배 이후 침체되어 있던 팔레스타인 저항운동은 1987년 이스라엘 점령지 내 팔레스타인 주민의 인티파타가 시작된 이후 새로운 분위기를 맞이하고 있었다. 하지만 1993년 오슬로 협정 이후 부패한 자치정부의 수립과 하마스와의 대립 등으로 인하여 저항운동은 구심점을 잃고 여러 방향으로 흩어졌다. 이것은 한편으로는 시민사회에 입각한 새로운 운동을 준비하는 것이기도 하지만 다른 한편으로는 과거와 같은 낙관적인 전망이 어렵다는 것을 의미하기도 한다. 사하르 칼리파는 오슬로 협정 이후 이전의 낭만적인 태도를 버리고 차분하고 냉정하게 사회를 보려고 한다.

2.2. 팔레스타인 해방운동의 이상과 자치정부의 현실

사하르 칼리파 역시 다르위시나 사이드와 마찬가지로 오슬로 협정에 대해 비판적인 지식인이다. 그녀는 『유산』에서 오슬로 협정 이후에 대한 우려가 결코 기우가 아님을 보여주고 있다. 소설 속에서 오슬로 협정 이후 팔레스타인 지역은 민족적 자율성을 실현할 수 있을 것이라는 희망보다는 독립이 어려워지고 있다는 실망감과 좌절감으로 꽉 차 있다. 특히 그녀가 뚜렷이 보여주는 것은 팔레스타인 내부의 무능과 부패이다. 사하르 칼리파는 이 작품에서 팔레스타인인 아버지와 미국인 어머니 사이에서 태어난 주인공 자이나가 결국 아버지의 땅에 정착하지 못하고 미국으로 돌아가는 과정에서 겪는 팔레스타인의 삶을 다루었다. 이 작품에 등장하는 많은 이들이 서안 지구 팔레스타인 자치 지역 안에서 여러 가지 새로운 일을 자발적으로 기획하지만 한결같이 좌절되거나 성공하지 못한다. 내부의 분열과 사적 이해관계 속에서 거창한 기획이 지리멸렬하게 끝나는 과정을 통하여 이스라엘의 오랜 지배하에서 팔레스타인인들이 무능하고 부패하게 되었음을 신랄하게 묘사하고 있다. 심지어 외국에서 들어와 새로운 사업을 해보려고 하는 이들이 끝내 좌절하고 조국을 떠나려고 하는 데에서 이러한 비판은 정점에 달한다. 팔레스타인 내부의 무능과 부패에 대한 작가의 신랄한 묘사는 마치 작가가 팔레스타인 문제의 근원을 이스라엘의 제국주의보다는 팔레스타인 내부로 돌리려고 한다는 인상마저 주고 있다.

그렇다면 이 소설이 팔레스타인의 무능과 부패를 묘사하고 있는 이유는 무엇일까? 그것은 제국주의에 대한 비판이 단순히 점령자에 대한 비판에 그쳐서는 안 되고 이를 극복할 수 있는 저항적 주체의 구축으로까지 이어져야 한다는 작가의 열망 때문이다. 아무리 이스라엘의 제국주의적 점령이 강고하다 하더라도 팔레스타인이 극복할 수 없는 그러한 대상은 아니다. 팔레스타인인들이 슬기롭게 이를 헤쳐나간다면 얼마든지 극복할 수 있는 것이며, 극복해야 하는 대상인 것이다. 그렇기 때문에 사하르 칼리파는 팔레스타인인들의 무능과 부패에 대해 더욱 채찍질을 가한다. 이러한 점이 보기에 따라서는 제국주의에 대한 작가의 필봉이 무뎌져서 제국주의에 대해서는 말하지 않고 마치 팔레스타인의 무능과 부패만을 문제 삼는 것처럼 보이기도 한다. 하지만 이런 식으로 작품을 읽는 것은 이 작가와 작품을 거의 이해하지 못하고 있다는 것을 고백하는 것에 지나지 않는다.

사하르 칼리파가 진지하게 드러내고 싶은 것은 오슬로 협정 이후 드러난 이스라엘의 제국주의적 태도의 지속과 확대이다. 이스라엘은 팔레스타인인의 자치라는 허울 속에서 더욱 세련되게 제국주의적 점령을 확대해나간다. 형식상으로는 팔레스타인인들에게 자치를 주어 그들이 일정한 한도 내에서 움직일 수 있게 해주고 있는 것처럼 보이지만 실질적으로는 정착촌을 넓혀나가면서 더욱더 점령을 강화해나간다. 제국주의적 점령을 기정사실화하면서 더욱 내면화시키고 있는 것이다. 이것은 사하르 칼리파가 오슬로 협정 이전부터 우려하던 바이다. 그렇기에 이 작품에서 그러한 자치 구역의 명분과 실질을 더욱 세밀하게 묘사하고 있다.

아라파트를 비롯하여 많은 세력들은 오슬로 협정이 팔레스타인에 평화를 가져다줄 것이라고 기대하였고 이것을 기회로 삼아 한몫 보려고 하는 계획을 세운 이들도 있었다. 이 소설에도 베이라는 인물을 등장시켜 그들이 추구하는 환상을 보여주고 있다.

그는 목적지로 가는 길에 다시 정착촌과 길게 늘어선 차량들, 군

오슬로 협정 이후 더욱 절망적으로 변하고 있는 팔레스타인의 현실을 냉정하게 그려내면서 그 속에서 한 가닥 희망을 찾으려고 하는 사하르 칼리파의 장편소설이다. 전쟁과 독재를 뚫고 민주주의를 쟁취하는 한국에 대한 강한 선망이 팔레스타인의 절망적인 현실과 대비되어 부분적으로 드러나는 것으로 하여 식민지를 겪는 아시아 나라들의 연대를 생각하게 하는 작품이다.

과 경찰의 검문소와 마주쳤다. 하지만 지난번처럼 중도에서 포기하거나 걱정에 사로잡히지는 않았다. 라디오 방송에서는 평화가 진짜로 올 것이며 검문소나 정착촌 같은 복잡한 문제들도 때가 되면 해결될 것이라고 했기 때문이다. 이는 곧 사람들이 숨을 쉬고 합당한 삶을 영위하며 괜찮은 취미생활을 하고 독서하고 토론하며 사색하되 머리 위로 곤봉 세례가 떨어지지 않는 존재, 즉 아담의 후예다운 인간이 된다는 것을 의미한다. 이제 근심 걱정과 고통이 없는 생을 살아보자. 고통이 여전히 예루살렘의 심장과 뼈를 파먹고 있는 게 사실이긴 하다. 그래도 단지 몇 단계를 지나기만 하면 평화가 온다.[20]

한편에서는 이러한 환상을 갖고 새로운 일을 도모하지만 그것은 어디까지나 주관적인 열망에 불과할 뿐이지 현실 그 자체는 아니다. 오히려 현실에서는 여전히 이스라엘의 제국주의적 지배가 철저하게 관철되고 있고, 팔레스타인인들은 자신들의 목소리를 내거나 권리를 주장할 수 없는 형편이다. 그렇기 때문에 이 작품은 오슬로 협정 이후에 벌어지고 있는 제국주의적 점령의 강화와 그 속에서 신음하고 있는 팔레스타인인들의 현실을 그리고 있다. 이 작품의 마지막 대목에서 팔레스타인인들의 문화예술 축제가 실패로 돌아가고 푸스타가 아기를 낳기 위해 이스라엘 검문소를 통과하면서 겪는 곤경에 대한 묘사는 오슬로 협정의 핵심을 보여준다. 지사가 구급차에 함께 탑승하면 아이를 낳은 산모가 빨리 통과할 수 있으리라 기대하였는데 실

---

20) 사하르 칼리파, 『유산』, 송경숙 옮김(아시아, 2009), 302쪽.

상은 전혀 그렇지 않다. 지사는 이스라엘 군인 앞에서 자신의 주장을 조금도 펴지 못하고 주저앉을 뿐이다.

　　지사가 차에서 내려 한 병사에게 다가가려 했다. 그러나 그 병사는 벼락같이 고함을 질렀다. "정지, 정지." 지사가 자신은 악의가 없으며, 다만 한 마디만 하고 싶다는 뜻을 알릴 요량으로 손을 뻗었다. 병사가 다시 고함쳤다. "정지, 정지." 지사는 고집스레 언성을 높였다. "한 마디만, 한 마디만." 병사가 으르렁거렸다. "반 마디도 안돼. 물러서, 당장." 지사가 어기적거리면서 즉각적으로 순응하지 않는 것을 본 병사는 무기를 올려 지사를 겨냥하며 날카롭게 말했다. "자리로 돌아갓, 당장." 지사는 구급차로 돌아와 자리에 앉았다.[21]

　오슬로 협정 이후의 팔레스타인의 현실을 그대로 보여주는 장면이다. 지사가 이스라엘 병사 앞에서 꼼짝도 하지 못하는 현실을 두고 어떻게 '자치'라고 할 수 있겠는가? 팔레스타인은 아무런 주권을 가지고 있지 못한 것이다. 지사가 이 정도면 일반 인민들은 말할 나위도 없을 것이다. 자치 구역 내의 일상에 대한 묘사를 통하여 사하르 칼리파는 팔레스타인은 여전히 이스라엘의 통치하에 있음을 명백하게 하고 있다. 그러한 점에서 작가가 오슬로 협정에 대해서 매우 비판적임을 알 수 있으며, 작가의 반제국주의 시각 역시 아주 분명하다.
　그렇지만 팔레스타인의 민족적 자율성 확보를 위한 투쟁에 대한

---

21) 같은 책, 384쪽.

작가의 시선은 이전보다 훨씬 현실적인 것으로 되었다. 이전의 작품은 독립에 대한 열망이 강한 나머지 현실보다는 이상을 강조하였다. 이러한 이상주의적 태도는 영웅적인 작중인물을 창조하기도 하면서 독립에 대한 열망을 키워온 것은 사실이다. 당시의 작품에 비하면 『유산』은 분명 현실적이고 다소 냉정한 것처럼 보인다. 하지만 이것도 과거 자신이 가졌던 근거 없는 낙관에 대한 자기비판으로 이해하는 것이 옳을 것이다.

2.3. 반제국주의 운동이 내장한 가부장제 비판

사하르 칼리파의 『유산』은 기본적으로 여성주의적 시각에 기초하고 있다. 여성주의적 시각은 이 작품에서 시작된 것이 아니고 그녀의 작품 전체에 걸쳐 지속적으로 드러난다. 흔히 그녀를 가리켜 아랍 페미니즘 문학의 대표적인 작가라고 일컫는데, 이것은 그녀의 작품에 드러나고 있는 여성주의적 태도에서 기인한다. 사하르 칼리파는 작품 활동 처음부터 자신이 아랍의 페미니즘 작가라는 사실에 대해 강한 자의식을 갖고 있었다. 그런 만큼 『유산』에서 여성주의적 시각이 두드러지게 드러나는 것은 우연이 아니다. 하지만 이 작품이 이전 작품에 비해 가장 큰 변화는 여성의 사회 참여라든가 혹은 가부장적 억압의 조건에 맞서 싸우는 여성의 형상을 창조하였다는 점에 있지 않다. 이러한 것은 이미 그녀의 이전 작품 곳곳에 드러나 있다. 예컨대 외국어로 가장 많이 번역된『가시선인장』(1976)의 경우 남성들 속에서 자기 말을 하지 못하던 여성이 차츰 자의식을 가지기 시작하면서 주체적으로 서려고 하는 형상의 단초를 보여주고 있다. 이후의 작품에서 여성들의 자의식 성장과 주체적 홀로 서기의 문제는 자주 등장하고 있기 때문에『유산』에서 그러한 여성이 존재한다든가 혹은 모습이 보인다는 것은 결코 새로운 것이라 할 수 없다.

『유산』이 이전 작품에 비해 가지는 여성주의적 새로움은 바로 팔레스타인 반제국주의 운동이 갖는 가부장적 억압에 대한 신랄한 비판이라 할 수 있다. 오슬로 협정은 아라파트에 의해서 주도되었던 반제국주의 해방운동의 허상이 그대로 드러나는 결정적인 계기였다. 오슬로 협정의 허구가 드러나면서 작가는 오랫동안 숨겨두었던 칼을 꺼낸다. 이전에 비해 훨씬 마음 편하게 이들에 대한 비판을 가할 수 있게 된 것이다. 따라서 이 작품에서는 아라파트와 궤적을 같이한 한 인물을 통하여 반제국주의 운동 내부의 가부장적 태도를 강하게 비판하고 있다.

그녀의 비판은 크게 두 방향으로 행해지고 있다. 하나는 반제국주의 저항운동의 좌절을 여성에 대한 탐닉으로 대신하면서 여성을 대상화하는 것이다. 다른 하나는 여성의 목소리를 억압하면서 남성이 여성을 대신하려고 하는 것이다.『유산』에서 마진은 이러한 두 가지 측면을 잘 드러내고 있다. 그는 대학을 마친 후 누나한테서 받은 돈을 밑천 삼아 민족해방운동에 뛰어들었고 아라파트를 따라 이리저리

다녔지만 지금은 고향에 돌아와 아무것도 하지 못하고 과거를 마취
제로 삼으면서 여자들과 술을 마시면서 소일하고 있다. 한때 체 게
바라의 추종자 혹은 후예라고 자처하면서 저항운동을 하다가 지금은
현장에서 떠나 건달로 전락한 인물이다. 마진의 애인과 누나는 마진
의 여성 행각을 신랄하게 비판한다.

마진의 여자 친구인 바이올렛은 마진이 자신을 떠나 미국에서 온
사촌 자이나에게 새로운 애정의 처소를 발견하고 있음을 알고는 자
이나에게 마진의 행태를 다음과 같이 비판한다.

> 마진은 만나는 여자마다 사랑에 빠져요, 원래 그런 사람이라니까
> 요. 그러나 마진이 자신의 자유를 버릴 수는 없을 거예요, 당신에게
> 까지도. 그는 아름답고 지적인 여자라면 누구하고나 사랑에 빠지죠,
> 여자도 그를 사랑해야 되고요, 그는 그녀가 자기와 사랑에 빠질 때
> 까지 계속 집착하지요. 그러다가 그녀가 그와 사랑에 빠지면 재빨
> 리 그녀로부터 도망치지요. 여자가 질투가 나서 미칠 지경이 될 때
> 까지 끊임없이 반복되는 이야깃거리를 지어내면서 말이지요. 마진
> 은 자기가 만나는 모든 여자를 장악할 수 있는 마술적 힘과 능력을
> 갖길 바라고 있다니까요. 그러나 현실은 완전히 다르지요. 마진이
> 다른 일들은 잘 할지 모르지만, 적어도 여자 문제에서는 완전히 패
> 배자일 뿐이에요.[22]

바이올렛의 비판처럼 마진은 여성 행각을 통하여 자신의 잃어버

---

22) 같은 책, 168쪽.

린 세월을 보상받으려고 한다. 세상을 바꾸지 못하고 여자만 바꾸면서, 여자를 바꾸는 행위에서 세상을 바꾸는 것과 같은 환상마저 갖는다. 민족해방운동의 대의가 이렇게 전락한 것이다.

마진의 이러한 태도에 대해서 그의 누나 나흘라 역시 정곡을 찌르는 비판을 날린다. 그동안 자신이 학비를 대주고 운동자금을 보냈지만 이제 와서 누나의 헌신은 아랑곳하지 않고 오로지 자신의 관점에서 누나를 장악하고 통제하려고 하는 마진에 대해 나흘라는 다음과 같이 말한다.

마진이 그것한테, 그것들한테 빠져 있는 거 너 잘 알잖아. 만날 그 집 가서 술 마시고 밥도 먹고 잘난 척하고 그러잖아. 거기 가서 군주처럼 군다니까. 소파에 앉거나 길게 뻗고 누워서 파이루즈를 듣거나 움무 쿨숨이 부르는 알 아뜰랄을 듣지. 아뜰랄 좋아하네. 베이루트 좋아하네. 뭐 대단한 인물처럼 수수께끼 같은 얘기나 지껄여대고 정말 밥맛이야. 직장도 직업도 없이 빈둥대면서 나한테는 게바라나 라일라의 까이스처럼 군다니까. 내가 평생 이 꼴 보자고 타향에서 청춘을 다 바쳐 고생한 거냐고! 이 꼴 보자고 평생 쿠웨이트에서 뼈 빠지게 고생해서 개한테 돈 대 줬냐고? 그것들 전부 다 레믄 짜듯 내 등골을 빼먹고는 내게서 등 돌리고 다들 제 갈 길로 가버렸다니까. 저희들은 연애도 하고 헤어지기도 하고, 아마 알고 지낸 여자만 해도 제 놈들 턱수염 터럭보다 더 많을걸. 쿠웨이트에서 선생질하는 나를 꼭 암소 젖 짜내듯 쥐어짜서 저희들이 기술자라도 되고 보니 나한테 신경 쓰는 인간은 하나도 없고 모두 제하고 싶은 대로만 하는 거야. 저희들은 자식들도 있고 마누라도 어디 하나뿐이야? 그런데 나는 멍청한 암염소처럼 여기 앉아 중풍 맞은 양반 비위나 맞추고 못된 게바라 놈 응석이나 받아줘야 하다니. 제 근심은 어쩌지도 못하면서 민족투사입네 지식인입네 하면서 온 세상, 사람들 근심은 혼자 다 짊어진 척하지. 그러고 앉아 여자들이나 꼬이러 돌아다니며 머저리 짓 하지 말고, 무슨 직업을 갖고 저 쓸 거라도 벌어야 될 것 아냐.23)

여자들과 술을 마시면서 애정 행각을 벌이다가 불쑥 과거 자신이 싸웠던 베이루트를 떠올리는 것을 자랑으로 삼는 마진에 대한 나흘라의 비판은 팔레스타인의 반제국주의 운동이 내장한 가부장적 태도에 대한 작가 사하르 칼리파의 비판이기도 하다.

작품에서는 나흘라가 남동생들을 위해 희생한 세월을 후회하면서 자신의 삶을 찾기 위해 남자를 사귀려고 할 때 남동생들이 가로막고 나서는 상황을 통하여 아랍 남성중심주의를 비판한다. 나흘라는 남동생들을 공부시키고 성공시켜야 한다고 생각하고 자신을 희생하면서 모든 것을 바친다. 쿠웨이트에서 선생 노릇을 하면서 돈을 벌어다가 동생들에게 다 쏟아부었던 것이다. 하지만 이제 그들은 자신을 돌보지 않는 것은 물론이고 자신이 새로운 삶을 꾸리려고 하는 것을 방해하고 나선다. 나흘라는 그동안 집안을 위해 온갖 희생을 하고 이제 남은 것은 아무것도 없다는 것을 깨달으면서 자신의 잃어버린

---

23) 같은 책, 80~81쪽.

시간을 메우려고 부동산업자와 결혼하려고 한다.

그녀는 쿠웨이트에서, 오는 세대와 가는 세대를 위해 똑같은 과목을 가르치며 똑같은 보수를 받고 똑같은 금액을 송금하는 학교 선생일 뿐이었다. 나아가 학교를 졸업하는 남동생은 결혼하여 부인과 아이들을 두었지만, 나흘라에게는 아이도 없고 남편도 없으며 제 집도 없었다. 나흘라는 가족 부양의 책임이 없으니 계속하여 둘째 남동생, 셋째 남동생, 막내 남동생의 학비를 지원했다. 이 모든 것을 한 대가로 그녀가 얻은 것은 무엇이었나? 남동생이 획득한 학위와 사진이 주는 기쁨? 그런 날 저녁이면 동료 여선생들은 그녀를 둘러싸고 남동생의 성공을 축하한다며 과자와 사탕으로 한턱 내라고 난리들이었다. 물론 나흘라는 초콜릿이나 크나페를 사서 대접하고, 남동생의 결혼을 축하하는 파티의 흥을 돋우기 위해 녹음기에 카세트를 집어넣곤 했다. 이 사람 저 사람이 춤을 추었다. 밤늦게 자기 방으로 돌아온 나흘라는 사진을 들여다본다. 그녀는 무엇을 얻었는가? 그녀가 얻은 것은 사진 한 장뿐이다.[24]

이러한 나흘라가 잃어버린 세월을 벌충하기 위해 아버지 나이와 맞먹는 부동산업자와 결혼하려고 하는 것을 남동생들은 도저히 이해하지 못한다. 왜 누나가 혼자 살지 않고 이제 와서 조건이 좋지 않은 남자와 결혼하려고 하는지 생각해보려고도 않고 자신들의 관점으로 누나가 성적 욕망에 홀려 이런 짓을 한다고 비난하는 판이다. 그

24) 같은 책, 204~205쪽.

래서 누나의 결혼으로 가문이 치욕을 받는다고 생각하고 가문의 명예를 지키기 위해 온갖 형태로 누나의 결혼을 방해한다. 결국 누나가 무엇을 바라는지, 어떤 욕망을 갖고 있는지에 대해서는 조금도 생각하지 않고 끝까지 남성 자신의 체면을 위해서 누나의 욕망을 희생시킨다. 아랍에서 흔히 일어나는 명예살인의 변형판이다.

민족 해방의 좌절을 여성 편력을 통하여 보상받으려고 한다든지 여성의 욕망과 목소리에 대해서는 들으려 하지 않고 남성 자신의 가치를 기준으로 삼으려고 하는 남성의 모습을 통해 사하르 칼리파는 반제국주의의 저항이 갖는 위험성을 비판한다. 남성들이 내세우는 해방이란 것이 민족적 해방에 그쳤을 뿐 인간 해방으로 이어지는 것은 아니라는 것이다. 작가가 마진이란 인물을 통하여 보여주고 싶었던 것은 바로 민족 해방이 인간 해방과 결부되지 못할 때 그것이 얼마나 일면적이며 또한 억압적일 수 있는가 하는 점이다.

3. 이슬람부흥주의의 등장과 『고귀한 가문 출신』

3.1. 하마스의 등장과 팔레스타인 해방운동의 새 국면

사하르 칼리파의 소설 『유산』은 오슬로 협정이 맺어진 1993년으로부터 4년이 지난 1997년에 나왔다. 그녀의 최근 소설 『고귀한 가문 출신』은 하마스가 부상한 2006년에서 3년이 지난 2009년에 나왔다. 『유산』이 오슬로 협정에 대한 반응이었다면, 『고귀한 가문 출신』
은 하마스로 대표되는 이슬람부흥주의에 대한 반응이다. 하마스는
1987년의 인티파타 운동 이후에 성장한 이슬람부흥주의를 모태로
하는데, 하마스는 파타당과 다르게 팔레스타인 인민들의 호응을 받
아 현실적인 정치 세력으로 성장하였고, 2006년 마침내 가자 지구를
실질적으로 통치하는 세력이 되었다. 사하르 칼리파의 이러한 동시
대성은 그녀의 소설이 위기의 산물이며 현실에 대한 응전임을 잘 말
해주고 있다.

　이슬람부흥주의는 아랍의 역사에서 오랜 전통을 갖고 있다. 오스
만튀르크 제국이 와해되는 과정에서 아랍 사회는 어떤 길로 나아갈
것인가를 둘러싸고 복잡하고 지루한 논쟁을 하였다. 당시 모색된 여
러 길 중의 하나가 이슬람부흥주의였다. 아랍 내셔널리즘과 이에 기
반을 둔 범아랍주의는 서구 공업화의 물질주의를 따르기 때문에 궁
극적으로 인간 소외의 길로 갈 수밖에 없다고 하면서 서구 제국주의
침략 앞에서 아랍의 정체성을 지킬 수 있는 길은 이슬람을 부흥시키
는 것밖에 없다는 주장이다. 이런 주장은 러일전쟁에서 일본이 이기
는 것을 브면서 한층 더 강한 믿음을 얻게 되었다. 그동안 의식 무
의식을 지배하였던, 백인은 우수하고 비백인은 열등하다는 생각을
극복할 수 있게 되었기 때문이다. 서구 제국주의에 대한 대응으로
나온 이러한 경향은 전도된 오리엔탈리즘 즉 반서방주의라고 할 수
있을 것이다.

제1차 세계대전 이후 팔레스타인 지역은 영국의 위임통치에 편입되었고, 유럽으로부터 유대인들이 대거 이주해오기 시작하였다. 유대인 소유의 토지도 늘어나면서 이에 대한 반감으로 이슬람부흥주의 즉 전도된 오리엔탈리즘으로서의 아시아 오리엔탈리즘이 추종자들을 얻기 시작하였다. 1926년 예루살렘에서 이슬람주의자들의 회의가 열릴 정도로 이슬람부흥주의는 팔레스타인 지역에서 세를 얻게 되었다. 하지만 그 이후 큰 진전을 얻지 못하다가 1980년대에 들어 다시 활기를 띠기 시작하였다. 1967년의 전쟁에서는 이집트의 나세르 정부가, 1973년의 전쟁에서는 사타트 정부가 이스라엘에게 당하는 것을 목격하면서 많은 아랍인들은 아랍 민족주의와 범아랍주의가 기반을 둔 세속적인 사회와 국가는 이스라엘과 구미 제국주의를 당해낼 수 있는 대안이 아니라고 생각하게 되었다. 게다가 1979년 이집트는 이스라엘과 독자적으로 평화협정을 체결하였다. 팔레스타인에서는 아라파트를 수반으로 하는 팔레스타인해방기구가 1987년의 인티파타 등 이스라엘과 미국에 맞선 전투에서 이슬람부흥주의자들의 저항을 활용하기 위하여 암암리에 지원하면서 이슬람부흥주의를 내세운 하마스가 급성장하게 된다. 1993년 이스라엘의 라빈 총리와 팔레스타인의 아라파트 수반이 오슬로 협정을 체결한 후 팔레스타인 자치정부가 성립하고 이들의 부패와 무능이 드러나게 되면서 팔레스타인의 민심은 사회적 약자에 대한 선의와 자선을 베푸는 하마스에게 쏠리게 된다. 2006년 팔레스타인 자치의회 총선에서 하마스는 팔레스타인해방기구의 주요 정당으로 그때까지의 집권당이었던 파타당을 제치고 정권을 잡게 되었다.

중동의 정권들이 1967년 전쟁 이후 세속적 내셔널리즘, 자유주의 또는 사회주의에서 탈피하여 이슬람을 지향하게 된 것은 일관성 있는 국민적 정체성을 만들어내지도, 정통성을 얻지도 못한 데서 그 원인을 찾을 수 있다. 1967년대 이스라엘 전쟁과 1970년대 석유수출금지 조치가 중요한 전환점이었다. 이집트와 비옥한 초승달 지대 국가들의 패배는 그들의 군사적 한계를 드러냈을 뿐만 아니라 정권의 부패, 대미 의존, 국민의 정치 참여 제한, 경제개발의 실패, 문화적 진정성의 결여 등 이들 사회가 안고 있는 모든 문제점을 총체적으로 노출시켰다. 또한 석유수출금지 조치의 엄청난 충격은 세계의 이목이 사우디아라비아와 보수적인 아랍 국가들로 관심이 쏠리게 되었다. 이런 중대한 사건들을 계기로 지배엘리트들이 주장하던 세속주의, 자유주의, 사회주의의 관점이 퇴색하고 전통적인 이슬람 문화에 대한 관심이 부활했다. 사회의 모든 영역에서 특히 학생과 중하위 계층의 주민들 사이에서 이슬람 교육과 신앙에 대한 관심이 되살아났다. 젊은 여성은 히자브를 착용하기 시작했고 이슬람에 관한 서즈, 설교, 토론, 집단 예배가 점점 생활문화의 일부가 되었다. 가장 놀라운 점은 이슬람의 주장에 기초한 정치적 반대세력의 등장이었다. 이집트와 요르단의 무슬림형제단, 이집트의 자마트, 팔레스타인의 하마스 등 종교색을 띤 호전적인 소규모 분파들이 기성 정권에 대항했다. 이들은 공동체 사상을 내세우면서 여성의 활동범위를 가사와 가정문제에 한정하는 등 전통적인 가치와 사회규범을 지지하는 한편 신앙생활, 학교교육 협동조합, 진료소, 작업장, 상부상

조, 사회복지사업을 조직하였다.[25]

예상하지 못하였던 이슬람부흥주의의 등장은 사하르 칼리파를 위시한 팔레스타인의 지식인들에게 큰 충격을 안겨주었다. 특히 여성해방을 주장해온 그녀에게는 문제가 매우 심각하였다. 사하르 칼리파는 위험을 무릅쓰고 이 문제에 도전하였다. 그 결과가 바로 소설 『고귀한 가문 출신』이다.

3.2. 서구 오리엔탈리즘과 시오니즘에 대한 비판

『고귀한 가문 출신』의 소설적 배경은 1930년대 영국이 팔레스타인 지역을 보호국으로 편입시켜 위임통치하고 있을 무렵이다. 제1차 세계대전이 끝난 이후 국제연맹은 영국이 팔레스타인 보호국이라는 장치를 만들어 통치하게 하였다. 물론 이것은 이후 팔레스타인 지역에 아랍 독립국가를 창설하는 것으로 이어져야 한다는 것이다. 영국의 일방적인 통치를 막기 위하여 수시로 국제연맹에 보고하게끔 장치가 마련되기도 하였다. 그런데 영국은 한편으로는 팔레스타인의 독립을 지지하고 이를 위하여 모든 노력을 다한다고 하면서도 다른 한편으로는 이스라엘의 정착을 도와주고 넓히는 일을 거들었다. 처음에는 영국 총독부에 대해서 호의적이었던 팔레스타인인들은 차츰

25) 아이라 라피두스, 『이슬람의 세계사 2』, 신연성 옮김(이산, 2008), 994쪽.

이스라엘인들이 대거 들어오고 정착촌을 넓혀나갈 뿐만 아니라 무기를 밀수입하는 것을 보면서 이를 용인하는 영국 총독부에 항의하기 시작하였다. 1929년에 한 차례 저항이 있었지만 이것은 1936년 이후에 3년 동안 일어난 저항운동에 비하면 비할 바가 되지 못하였다. 1936년부터 1939년까지의 시기에 걸쳐 이루어진 저항운동은 영국 총독부가 포위될 정도로 격심한 것이었다. 팔레스타인 인티파타 운동의 역사에서 이때를 제1차 인티파타라고 부르는 이가 있을 정도로 팔레스타인 민족 해방에서 매우 중요한 이정표를 남긴 사건이었다. 사하르 칼리파는 이 저항운동을 전후한 시기를 소설 제1부의 배경으로 삼았다.

팔레스타인 문제는 보통 현재 팔레스타인을 점령하고 있는 이스라엘과 이스라엘을 뒷배 봐주고 있는 신제국주의로서의 미국과의 관계 속에서 접근하는 것이 당연하지만 그 역사적 뿌리는 제1차 세계대전 이후의 영국의 위임통치에 닿아 있다. 현재의 문제를 제대로 파악하려면 이러한 역사적 연원을 함께 이해하는 것이 필요하다. 사하르 칼리파가 1930년대 영국 보호통치하에 있는 팔레스타인을 이 대작의 제1부 배경으로 잡은 것은 그런 점에서 이해될 수 있을 것이다. 이스라엘의 배후에서 중동정책을 정하고 팔레스타인 문제를 다루고 있는 신제국주의 미국과 달리 당시 영국은 구제국주의였기 때문에 총독을 파견하여 직접 지배한다. 이 작품에 등장하는 영국 총독은 구제국주의의 면모를 잘 보여주는 인물이다. 아랍어를 능숙히게 구사할 정도로 아랍에 대해서 잘 알고 있을 뿐만 아니라 이미 인도를 비롯하여 다른 식민지를 두루 거쳤기 때문에 토착민을 다루는 솜씨가 만만치 않은 오리엔탈리스트이다. 이 작품에 그려진 그의 면모 중에서 흥미로운 것은 그가 언제나 자신은 팔레스타인인을 억압하는 것이 아니라 구원해주고 있다는 믿음을 갖고 있다는 점이다. 영국의 지배에 저항하다가 잡히거나 죽은 사람들의 가족이 총독부에 항의하러 방문하였을 때 총독 아셔는 다음과 같이 말한다.

> 숙녀 여러분, 우리들은 여러분을 터키와 터키의 불의로부터 해방시켰습니다. 우리들은 여러분을 기아, 메뚜기 떼의 공격, 그리고 징병으로부터 구해냈습니다. 우리는 여러분을 콜레라, 발진티푸스, 그리고 수많은 병에서 구해냈습니다. 그리고 터키가 남기고 간 무지, 불의 그리고 후진성으로부터 구해냈습니다. 숙녀 여러분, 터키 군대가 어떻게 여러분을 굶겼고, 아사, 병 그리고 징병으로 얼마나 많은 이들이 집과 거리에서 죽었는지를 기억하지 못합니까? 우리 영국이 도착해서 시장을 가득 채웠고 먹을 것을 제공하였고 학교와 병원을 지었습니다. 그리고 전기와 문명을 도입했습니다.[26]

영국 총독은 자신의 제국주의적 지배를 문명화와 연관시키면서 이를 이해하지 못하는 팔레스타인 여성들을 윽박지른다. 자신들은 기존의 억압자였던 오스만튀르크를 물리친 해방자라는 것이다. 또 영국 총독은 팔레스타인의 저항에 놀란 나머지 영국으로 돌아가버린

---

26) Sahar Khalifeh, *Of Noble Origins*(The American University in Cairo Press, 2012), 68쪽.

장편소설만을 고집하면서 단편소설 등은 쓰지 않던 사하르 칼리파가 대하소설의 양식으로 쓰고 있는 야심작 소설의 1부이다. 1920년대 영국 보호령으로 있던 팔레스타인 지역에 유대인이 이주하기 시작하면서 벌어지는 다양한 갈등과 팔레스타인인의 투쟁을 담고 있는 이 작품은 오늘날의 팔레스타인을 있게 한 역사적 원천을 소설적으로 탐구하는 것으로, 아시아 지역에서 흔히 발견할 수 있는 대하소설의 형식을 띠고 있어 흥미롭다. 프라무댜 아난타 투르가 '부루 4부작'을 시도하였던 것처럼 사하르 칼리파도 대하 형식을 통하여 팔레스타인의 과거과 현재를 이으려고 한다.

아내의 부재를 이곳에 살고 있는 아랍 여성들에 대한 탐닉으로 메우고 있다. 그러느라 항상 여성들을 존중하는 태도를 가지며 이를 신사적인 영국인의 문명적 우월성으로 간주하기도 한다. 이러한 점도 이 총독이 갖고 있는 구미 오리엔탈리즘의 한 징표라 할 수 있을 것이다. 이러한 총독의 행태를 묘사하면서 사하르 칼리파는 구제국주의의 지배가 내세운 것이 문명화이며 영국인들은 아랍 여성들을 가부장적 억압으로부터 구해내고 있다고 주장하고 있음을 비판하였다. 하지만 그러한 총독도 아랍인들이 거세게 저항하자 이에 대한 탄압을 서슴지 않는다. 해방자가 아니라 억압자임이 명백해지는 지점을 작가는 놓치지 않고 있다.

이 작품에서 구미 오리엔탈리즘과 관련하여 흥미로운 것은 시오니즘에 대한 작가의 묘사이다. 이 작품에는 당시 팔레스타인에서 활동하던 와이만과 벤구리온 같은 시오니스트들이 실명으로 등장한다. 아랍 여성들이 죽음과 체포에 항의하여 총독부를 방문하는 시점에 시오니스트들도 총독을 방문하는데, 이들이 영국 총독에게 하는 말을 보면 유대인들이 유럽에서 핍박받으면서 배운 것을 다른 비서구 지역의 사람들에게 더 심하게 행하고 있음을 알 수 있다.

> 공동의 이익을 환기시키고자 합니다. 우리는 동맹이고 아무런 불일치가 없습니다. 이 나라는 당신들의 것입니다. 우리는 당신들을 위하여 이 나라를 운영할 것이고 당신들은 영원히 이 나라를 소유할 것입니다. 이 나라는 영국의 땅이며 우리는 신민이 되어 후진적

인 동방을 지키는 일을 맡을 것입니다. 우리는 우리 유대인들의 지
식, 노력 그리고 근면성으로 동방을 계몽시킬 것입니다. 우리는 문
명, 진실, 정의 그리고 진보로 동방을 환하게 비출 것입니다.[27]

'동방'을 지키고 계몽시키겠다는 유대인의 말은 아시아 오리엔탈
리즘의 한 형태인 내셔널리즘을 잘 대변하고 있다. 이스라엘은 유럽
이 유대인에게 행했던 것을 그대로 모방하여 다른 비서구의 나라들
에게 행하겠다는 것이다. 팔레스타인에서 유대인은 비유럽인이 아니
고 유럽인이 되는 것이다. 그리고 유럽인 유대인들이 팔레스타인을
계몽하는 사명을 맡게 되는 것이다. 이러한 논리는 일본이 불평등조
약 등을 겪으면서 유럽의 내셔널리즘을 배웠고 이를 모방하여 타이
완과 조선 등지에 제국주의 침략을 행한 것과 똑같다고 할 수 있다.
사하르 칼리파는 영국의 힘을 등에 업은 이스라엘을 구미 오리엔탈
리즘을 모방한 내셔널리즘으로 보고 있는 것이다.

그렇기 때문에 아랍 여성을 바라보는 영국인과 유대인 사이에는
일정한 차이가 생긴다. 영국 총독은 오리엔탈리스트이기 때문에 아
랍 여성들을 구해야 하는 대상으로 보면서 그들에게 이국적인 애정
을 갖기도 한다. 하지만 아랍을 철저히 야만으로 규정해야만 자신들
이 겨우 문명의 반열에 끼어들 수 있다고 생각하는 시오니스트들은
상대방을 인간 이하의 존재로 취급하면서 여성들에게 이국적인 애정
을 가질 수조차 없었다.

27) 같은 책, 72~73쪽.

그들의 부드러운 언사에 속지 마십시오. 그리고 그들이 베일 뒤에 무언가를 숨기고 있다는 사실을 잊지 마십시오. 그들을 알게 되면 그들이 악마적이라는 것을 알게 될 것입니다. 마을에 가서 그들을 보십시오. 그들은 남자보다 더욱 강하고 더 사악합니다. 왜 그런지 아십니까? 농촌의 여성들은 야수와 같기 때문입니다. 그들은 임신하고 아이를 낳고 나무를 나르고 구덕을 파고 바위를 깎고 해도 지치지 않습니다. 아랍 여성들은 괴물과 같아서 부드러움이나 여성성이 없습니다. 베일은 속임수에 불과합니다. 무언가를 숨기고 있는.[28]

모방한 이들이 원래보다 더욱더 잔인하게 구는 것은 아시아 오리엔탈리즘으로서의 내셔널리즘이 갖는 특징이라 할 수 있을 것이다. 유럽에서 배운 일본이 유럽보다 더욱 가혹한 통치를 하였던 것처럼.

3.3. 여성 해방과 민족 해방

이 작품에서 사하르 칼리파가 가장 공들인 대목은 아랍 여성의 자각이다. 실제로 가장 중심적인 역할을 하는 인물인 웨다는 15세에 부모의 강요로 사촌과 결혼한다. 아랍의 전통적인 가부장적 사회에서 너무나 익숙하게 진행되어오던 관습의 희생이 된다. 어린 소녀는 처음 보는 황홀한 예단에 한동안 정신을 빼앗기지만 얼마 지나지 않아 이것이 감옥이라는 것을 깨닫는다. 특히 이미 서방 여성들의 삶을 보고 온 이들이 베일도 착용하지 않고 자유롭게 살아가는 것을

---

28) 같은 책, 72쪽.

목격하면서 처음에는 이상하게 생각하지만 차츰 이것이 새로운 삶의 방식일 수 있음을 알게 된다. 아랍에서 여성 해방은 분명 내부에서 나온 것이 아니라 서방의 영향임을 잘 보여주고 있다.

아랍 여성의 해방 과정에서 서방은 매우 중요한 의미를 갖는다. 아랍 여성들이 자신들도 집 안에만 머물지 않고 바깥으로 나가 활동해야 하며 또한 베일을 쓰는 것은 여성들의 활동에 큰 지장을 주는 것으로 벗어야 한다고 생각하게 되는 결정적 계기는 바로 서방의 바람이다. 서방 여성들이 베일이 아닌 모자를 쓴 것을 보면서 자신들도 그렇게 할 수 있다고 믿게 되는 것이다. 사하르 칼리파는 이 작품에서 이러한 점을 매우 중요하게 보고 서방의 바람이 아랍 여성들의 각성에 기여하게 되는 지점을 매우 세심하게 그려내고 있다. 그런 점에서 사하르 칼리파는 구미 제국주의와 그들의 오리엔탈리즘을 비판하지만 동시에 아시아 오리엔탈리즘으로서의 반서방주의도 비판하고 있음을 알 수 있다.

남편이 자신을 전혀 사랑하지 않고 다른 여성들과 애정 행각을 벌이는 것에 실망한 웨다는 자신의 길을 찾기 위해 여러모로 모색을 하지만 여간 어려운 일이 아님을 이내 깨닫는다. 그녀의 첫 모색은 이미 서방의 영향을 받아 새로운 여성 지식인으로 역할을 하는 리자를 따라 시위에 나서는 것이었다. 리자를 비롯한 아랍 여성들은 영국 통치의 부당함을 촉구하고 체포된 이들의 석방을 위해 시위를 조직하였고 여기에 웨다도 참여했다. 이 거리 시위 과정에서 그녀가 겪는 충격은 매우 컸다. 가장 두드러진 것은 여성들이 공공의 공간에 나설 수 있다는 점이다. 그동안 여성들은 집 안에서만 활동하고 바깥은 감히 나설 수 있는 곳이 아니었다. 숱한 남성들의 시선을 받아야 하는 공적 공간에 여성이 나서는 것 자체가 웨다에게는 충격이었다.

처음으로 웨다는 왜 예루살렘에 왔는지, 어떻게 왔는지, 심지어 자신의 임신조차 잊었다. 그녀는 자신이 겪은 슬픔과 불의의 감정도 잊었다. 거리 양편에 조용히 서 있는 수많은 보행자들에 둘러싸여, 불안과 걱정의 눈빛을 띠고 있는 여자들의 물결을 보면서, 자신의 일은 잊어먹었다. 지난주에는 대량학살이 있었다. 혁명을 주도한 이들은 참수당하였고, 시위에 나선 이들은 체포되었고, 건물들은 파괴되었다. 가족들은 위험을 피해 달아났고 몇몇 지도자들은 레바논이나 시리아로 피신하였다. 어떤 이들은 사이프러스로 유배당하였고 또 어떤 이들은 세이켈레스로 유배당하였다. 많은 사람들이 갑자기 지상에서 완전히 사라졌고 사람들은 그들이 어디에서 어떻게 사라졌는지 알지 못하였다. 어떤 여자들은 슬픔의 눈물을 흘리면서 자식들의 확대사진을 들고 다녔다. 구경꾼들은 울면서 '알라 신은 위대하다'라고 외쳤다. 그 순간 웨다는 마치 안개에 싸인 것처럼 전율하였고 고상하고 의미 있는 대의를 위하여 다른 젊은 사람들처럼 비장하게 죽고 싶다고 생각하였다. 신이 그에게 고귀하고 목적 있는 죽음을 주었으면 하는 바람도 가졌다. 하찮은 결혼과 증오하는 남편을 위하여 죽는 것에 비하면 조국을 위하여 고통받는 것은 얼마나 대단하며 또 순교는 얼마나 아름다운가고 생각하였다. 그것은 여자를 슬픔에 중독된 미이라로 변형시켰다. 이 슬픔과 저

슬픔 사이에는 어떤 차이가 있는가? 만약 어머니도 이 대열에 끼여 있다면 마찬가지의 슬픔을 느꼈을까 하는 의문이 들었다. 사람들의 슬픔에 눈물을 흘렸을까? 그러한 고상한 감정이지만 자기 각성도 몇 분 이상 지속되지 못하였다. 저편에서 남동생 얼굴을 보는 순간 그녀는 현실로 돌아왔다. 놀란 나머지 하마터면 넘어질 뻔했다.[29]

어린 나이에 어머니의 강권으로 결혼하고 애정 없는 결혼에서 아이를 가졌지만 삶의 의미를 잃고 괴로워하던 웨다가 시위 과정에서 나라와 사회를 위해 자기를 희생하는 이들을 보면서 자신의 알에서 깨어나는 과정을 잘 묘사하고 있다. 길거리에서 남동생의 얼굴을 보는 순간 잠시의 꿈에서 깨어나는 대목도 웨다가 겪는 억압의 정체를 잘 보여준다. 사하르 칼리파의 특장은 바로 아랍 여성의 자기 각성을 매우 핍진하게 그려내는 것인데, 여기서도 그녀의 장기가 잘 드러나고 있다.

이러한 자각의 과정에서 가장 흥미로운 대목은 베일을 둘러싸고 벌어지는 여성과 전통적인 이슬람 종교 사이의 갈등이다. 이미 서구의 여성들을 보면서 자신들도 베일을 벗어야 한다고 생각하는 아랍 여성들이 등장하기 시작하는데, 이슬람의 종교적 전통에 익숙한 이들은 베일을 벗으면 큰일이 나는 것으로 여긴다. 이 둘의 충돌이 이 작품에서 가장 핵심을 이루고 있는 시위장에서 벌어지는 것은 매우 상징적이다. 영국의 억압적 지배에 맞서 나선 시위에서 엉뚱하게도

---

29) 같은 책, 64쪽.

베일을 둘러싸고 아랍인들 사이에 갈등이 벌어지는 것을 사하르 칼리파는 여실하게 그려내고 있다.

세이크는 파리아 부인에게 다가와 단호하게 말하였다. "가리시오. 베일로 가리시오." 파리아 부인은 말하였다. "세이크 양반, 하던 일이나 하시오. 참견하지 말고." 그러나 그는 떠나지 않고 반복하였다. "알라 신 이외에는 어떤 권능도 없소." 그는 여성들의 신앙심을 약화시키고 오만하게 만드는 이 시대와 여성들의 창녀화를 개탄하였다. 그녀는 다시 야단을 쳤다. 그러고는 흥분하여 "세이크, 가시지요. 이제 됐습니다."라고 말하였다. 그럼에도 불구하고 세이크는 그녀에게 더욱 다가가 그녀를 돌게 하는 말을 하였다. 그는 그녀의 앞을 막아서서 그녀가 가는 것을 방해했다. 그는 손을 내저으면서 '부끄럽게 거리에 나다니지 말고 집 안에 있으라고. 집 안에서 남편과 아이들을 돌보라고. 집 안에 있으라고. 그리고 베일을 뒤집어쓰라고' 말하였다. 그러고는 리자를 쳐다보면서 외쳤다. "모자 쓰고 있는 여자, 집으로 가." 라피아 부인은 미친 여자처럼 외쳤다. "아직도 그 모자 이야기야. 리자, 모자를 그에게 줘. 그것 빨아서 마시게 해." 리자는 코미디로 치닫는 상황에 황당해하면서 웃었다. 그녀는 라피아 부인에게 진정하라 했고 세이크는 "여자들 베일로 가려라."고 외쳤다. 라피아 부인은 손을 저으면서 그의 앞길을 막아섰다. "우리를 내버려두지 않으면 본때를 보여줄 거야."라고 말할 때 그녀의 얼굴은 상기되었다. 세이크의 주변에 있는 여자들이 윙크를 하고 길가에 서 있는 소년들이 "모자 쓴 여자들은 댄서들이야."라고 말할 때 그는 어안이 벙벙해서 가만히 그녀를 쳐다보았다. 라피아 부인은 모자를 벗어서 세이크에게 던졌다. 그것은 터번 위에 얹

혔다. 지지의 표시로 리자는 자기의 모자를 벗어서 거침없이 땅바
닥에 내동댕이쳤다. 다른 지역의 회의에 참석하고서 베일 대신에
모자를 쓴 적이 있는 여자들은 스카프를 벗어 땅바닥이나 세이크에
게 던졌다.[30]

사하르 칼리파는 베일을 여성을 속박하는 것으로 간주하여 벗어
던지는 여성들과, 여자들은 집 안에만 있어야 하며 밖에 나올 때는
반드시 베일을 착용해야 한다고 주장하는 이슬람부흥주의자들을 대
비시켜 생생하게 묘사하고 있다. 이슬람부흥주의자들은 여성들이 베
일을 벗는 것을 비판하고 여성들에게 전통적인 방식을 강요한다. 베
일을 착용하는 것 자체가 바로 구미 제국주의에 대한 저항이라고 주
장하기도 한다. 작품에서 반서방적 이슬람부흥주의자들이 여성들에
게 베일을 착용하라고 끊임없이 강요하는 것을 비판적으로 묘사하는
것은 작가가 확고하게 페미니즘을 바탕에 깔고 있는 것이라 할 수
있다. 이처럼 사하르 칼리파는 전도된 오리엔탈리즘으로서의 반서방
주의에 대해서 매우 비판적이다. 소설의 핵심은 영국의 억압적인 통
치에 항의하는 시위이지만 그 시위의 한복판에 이런 장면을 집어넣
음으로써 아랍 여성 문제가 갖는 역사적 조건을 매우 흥미롭게 보여
주고 있다.

또한 아랍 여성들의 자기 해방적 노력이 결코 민족 해방이나 사회
해방과 대치되는 것이 아님을 역설하고 있다. 앞서 언급한 바 있지

---

30) 같은 책, 88~89쪽.

만 대부분의 서방 페미니스트들은 비서구의 여성 해방을 반제국주의적 행위와 모순된 것으로 인식하는 경향이 있다. 하지만 사하르 칼리파는 영국의 제국주의 지배에 맞서 싸우는 현장에 선 여성들이 가부장적 이슬람부흥주의와 맞서는 장면을 설정함으로써 서방의 페미니즘 논자들과는 다른 비서구의 페미니즘을 이야기하였다.

웨다 같은 아랍 여성이 베일을 벗고 주체로 서는 것이 결코 쉬운 일이 아님을 알고 있기에 작가는 베일을 벗은 후 그녀가 겪어야 하는 엄청나게 힘든 과정도 빠뜨리지 않는다. 웨다는 신여성 리자를 따라 공부를 해보려고 하였지만 그것도 쉽지 않고, 가진 패물을 팔아서 함께 미용실이라도 하자고 하였던 알리아가 새 남편을 만나 마을을 떠나자 웨다에게 나불루스의 집은 감옥이 되어버린다. 결국 그녀는 아스피린을 다량으로 먹고 자살을 시도한다.

작가는 한 아랍 여성이 전통적인 가정에서 벗어나 독립적인 인간으로 살아가는 것이 얼마나 힘든가를 웨다의 자살 미수를 통해서 보여주고 있다. 웨다는 이런 과정을 거치면서 조금씩 여성으로서의 자의식을 갖게 되고 독립하게 되는데, 이 작품이 아직 제1부까지만 나와 있기에 그 이상의 모습을 찾는 것은 어렵다. 하지만 이것만으로도 사하르 칼리파가 팔레스타인 여성의 해방에 기울이는 노력을 확인할 수 있다.

아시아 오리엔탈리즘으로서의 이슬람주의에 대한 사하르 칼리파의 비판은 여성의 시각에서 시작되어 한층 더 넓은 시야를 갖게 된다. 이 작품에서 작가는 이슬람부흥주의의 여성에 대한 태도뿐만이 아니라 영국에 대한 저항 방식에도 비판의 날을 세운다. 웨다의 오빠인 와히드는 결혼 후 평범하게 살다가 어느 날 세이크와 만나면서 이슬람부흥주의에 깊이 빠져든다. 이슬람의 나라를 건설해야만 제국주의를 비롯한 모든 문제를 해결할 수 있다는 믿음하에서 지하드를 행하는 것이다. 사하르 칼리파는 이슬람의 나라라는 것이 얼마나 인간에 대해서 억압적일 수 있는가를 잘 알고 있는 터라 결코 이슬람부흥주의에 동조하지 않는다. 작가는 순교에 입각한 저항보다는 다른 방식, 즉 대중들의 민주주의적 투쟁이 훨씬 의미가 크다는 것을 잘 알고 있다. 그렇기 때문에 이 작품에서도 이슬람주의에 입각한 지하드를 비판적으로 보고 있다. 작품은 비록 1930년대를 배경으로 한 것이기는 하지만 기실은 작품이 씌어진 2000년대의 팔레스타인 사회 즉 이스라엘의 점령에 대해서 팔레스타인인들의 투쟁 중 이슬람부흥주의에 입각한 투쟁 즉 하바스의 투쟁에 대한 우회적인 비판이라고 볼 수 있다.

이상에서 살펴본 대로 사하르 칼리파의 작품 전체의 특징은 자신의 여성문학적 시각을 반제국주의 태도와 항상 결부시켜 이해하려고 한다는 점이다. 서구의 페미니스트들은 사하르 칼리파의 여성문학적 태도에 공감을 보내면서도 사하르 칼리파가 이것을 반제국주의적 태도와 결부시키는 것을 못마땅하게 생각하곤 한다. 서구 페미니스트들은 근대 국민국가의 형성 과정에서 작동한 내셔널리즘이 여성을 배제하고 제국주의적 팽창으로 이어지는 것을 목도하면서 기본적으로 반제국주의의 내셔널리즘 역시 여성을 억압한다고 보기 때문에 여성문학적 시각을 반제국주의적 시각과 연관시켜 세상을 이해하고 작품화하는 태도 내부에 존재하는 차이를 인식하지 못하고 전부 부정하게 된다. 그러나 이러한 태도는 또 하나의 서구중심주의적 사고이다. 제국주의적 팽창으로 이어진 서구 근대 국민국가의 경험과 제국주의 억압하에서 민족적 자율성을 확보하고자 하는 투쟁 속에 있는 비서구 지역은 매우 큰 차이를 가지고 있다. 이러한 차이를 인정하지 않고 자신의 역사적 경험을 일반화하려는 것은 지극히 서구중심주의적인 오류임을 사하르 칼리파의 작품은 잘 드러내고 있다.

1993년 오슬로 평화협정 이후에도 이스라엘은 정착촌을 더욱 넓혀가고 있다. 팔레스타인인과 이스라엘 정착민 사이에 큰 분리 장벽을 세워 통행을 막고 있다. 사하르 칼리파는 현재 요르단의 암만과 팔레스타인 서안 지구를 넘나들면서 창작 활동을 하고 있다. 이슬람부흥주의자들의 잦은 협박에도 불구하고 당당하게 여성 해방의 시각을 견지하면서 동시에 미국과 이스라엘의 점령 정책을 비판하고 있다.

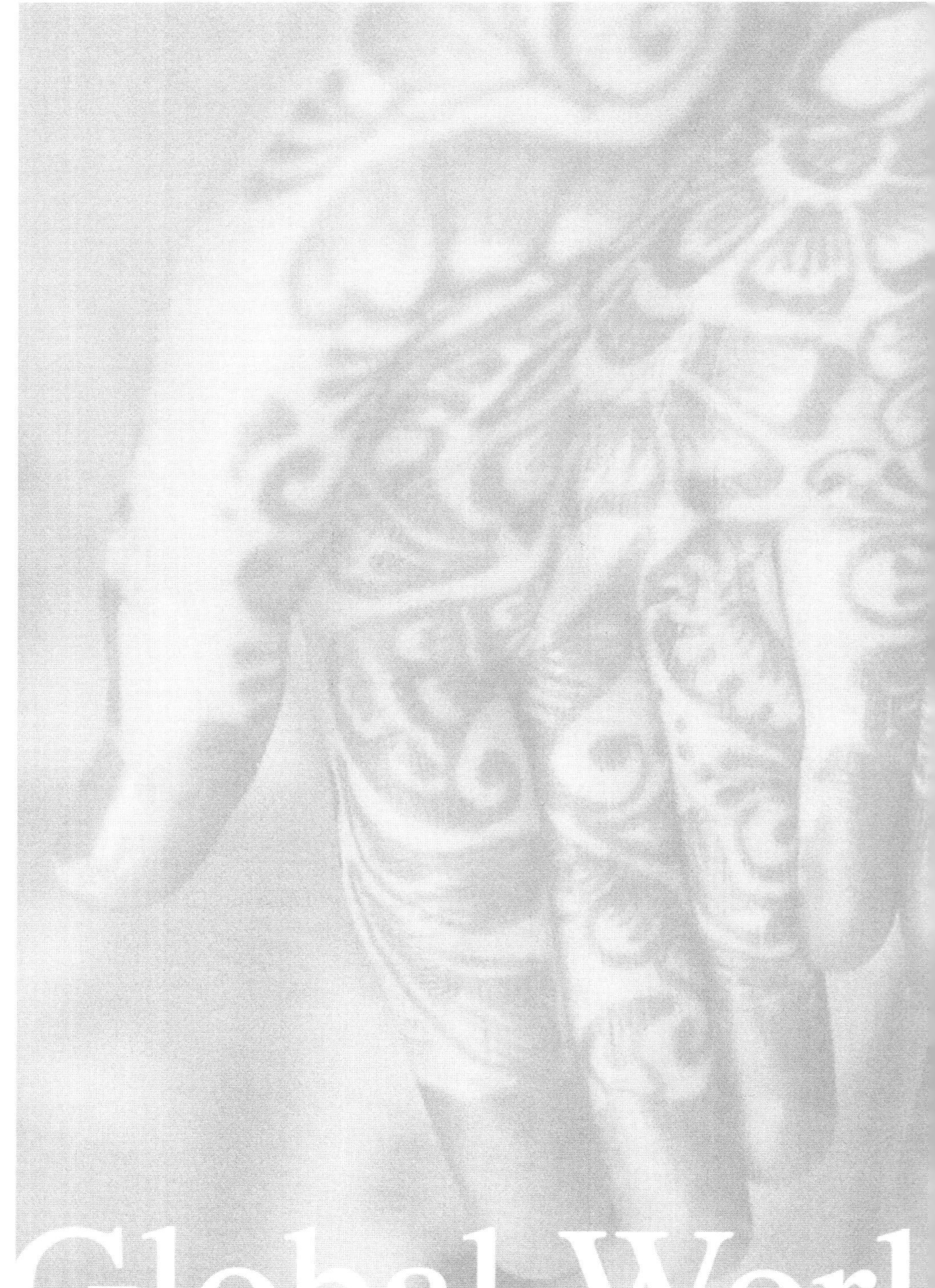
Global Worl

Literature

지구적 보편성을 위하여

19세기 중반 이후 구미에서 나온 구미 오리엔탈리즘과 이에 대한 대응으로 아시아에서 나온 아시아 오리엔탈리즘은 아시아 지식인과 문인들을 사로잡았다.

현란한 문명의 후광을 등에 업고 나온 구미 오리엔탈리즘의 우산 아래에서 이것이 내장한 폭력을 간취한다는 것은 결코 쉬운 일이 아니었다. 그들의 뒤를 따라가는 것은 차라리 쉬운 일이었다. 그것이 안고 있는 문제점들을 간파하고 다른 길을 모색하는 것은 험난한 도정일 수밖에 없기 때문이다. 누구도 그 길을 걸은 사람이 없었기 때문에 새롭게 길을 만들어야 하는 것은 매우 외로운 일이었다. 현대 아시아의 많은 작가들이 이 새로운 길을 닦기보다는 구미가 걸었던 길을 그대로 따르는 것을 취하고 그 과정에서 침몰하거나 익사하였던 것은 어쩌면 너무나 당연한 것일지도 모른다. 그들은 구미 오리엔탈리즘을 모방하는 내셔널리즘의 길을 택하였다.

새로운 길을 열어나간 이들이라고 해서 모두 기슭에 닿았던 것은 아니었다. 구미가 걷는 길이 내장하고 있는 폭력을 간파하고 다른 길을 걸으려고 했을 때 그 지적 모험은 대단히 위험한 것이었기 때문이다. 자기를 사르는 내적 분투를 벌여도 쉽게 안겨오지 않는 것이다. 제일 먼저 눈길을 끈 것은 자신들의 사유 전통이다. 현대 아시아 작가들은 자신들이 기대야 할 풍부한 지적 자산을 가지고 있었다. 이슬람부터 유교에 이르기까지 아시아 지역은 글과 사색의 오랜 전통을 갖고 있었기 때문에 이것들을 다시 불러와 새로운 역사적 조건에서 부흥시킨다면 인류에게 새로운 광명을 줄 것이라고 믿는 이들이 많아지게 되었다. 현대의 역사적 현실이 고달프고 모순투성이일수록 더욱 거기에 매달렸고 기대를 많이 가졌다. 그렇기 때문에 많은 현대 아시아 문학인들이 여기에 심취하고 이를 자신의 문학 행위의 변으로 삼았다. 그들은 구미 오리엔탈리즘을 전도시키는 반서방주의의 길을 택하였다.

하지만 자신의 전통이 갖고 있는 그 고요한 매력에도 불구하고 그것이 숨기고 있는 어둠은 결코 반복되어서는 안 된다는 것을 알게 된 이들은 안식하지 않고 또 새로운 길을 떠났다. 이 책에서 다룬 여섯 명의 작가는 현란한 구미의 매력과 고요한 전통의 매력 모두를 거부하고 다른 길을 모색하고자 하였던 이들이다. 이 둘을 넘어선 세계에 대한 그들의 모색은 다양하지만 이들이 가진 공통성은 최소한 이 두 가지 편한 길을 걷지는 말아야 하고 이러한 길을 걸었을 때 초래하는 폭력을 드러내야 한다는 것이었다.

이 작가들의 사투를 기존의 구미중심적 접근법으로는 읽어내기 어렵다. 구미의 세계문학 틀에서 읽어내려고 할 때 빗나가기 쉬워서 그들의 고민을 충분히 설명하기 어렵다. 당대 유럽의 최고 비평가 중의 한 사람이었던 루카치가 동시대의 인도 문인 타고르의 고민을 이해하기 어려웠던 것은 바로 이러한 이유 때문이다. 제국주의 시대에서 가장 큰 고통을 받았던 인도의 역사를 식민지의 고통을 겪지 않았던 루카치가 이해한다는 것은 말처럼 쉬운 일이 아니다. 이런 점은 여성문학에도 마찬가지이다. 구미의 비평가들은 팔레스타인의 여성 작가 사하르 칼리파의 작품을 페미니스트 관점에서 읽어내고 있다. 그녀를 가리켜 '팔레스타인의 버지니아 울프'라고 말하는 데에서 잘 드러나는 것처럼 유럽의 틀 안에서 보려고 한다. 하지만 사하르 칼리파는 버지니아 울프와 매우 다르다. 사하르 칼리파는 민족해방이라는 과제를 페미니즘과 결부시켜 이해하기 때문에 구미 페미니스트들의 고민과는 사뭇 다를 수밖에 없는 것이다. 내셔널리즘이 여성을 억압한다고 보는 구미 페미니스트들의 관점이 구미에서는 충분한 설득력을 갖고 있지만 이스라엘의 점령하에서 매일 고통받는 팔레스타인 여성들에게 그대로 적용하기 어렵다. 구미의 페미니스트 관점과는 다른 페미니즘의 틀이 마련되어야 사하르 칼리파를 이해할 수 있는 것이다.

타고르와 사하르 칼리파의 경우에서 잘 드러나고 있는 것처럼 현대 아시아의 문학을 구미 중심의 세계문학 틀에서 평가하는 것은 매우 힘든 일임에 틀림없다. 그렇기 때문에 이들의 문학은 구미 중심의 세계문학의 정전에 들어가기 어렵거나 들어간다 하더라도 굴절되어 편입되는 것이다. 따라서 이 작가들을 제대로 평가하기 위해서는 일단 구미 중심적 세계문학의 틀에서 벗어나 지구적 세계문학이란 새로운 보편성을 갖추어야 한다. 물론 지구적 세계문학이란 아시아 문학을 비롯한 비서구의 문학을 해석할 수 있을 뿐만 아니라 구미의 문학도 해석할 수 있는 그러한 틀을 상정하는 것이다. 비서구의 문학을 중심에 두고 구미를 타자화하는 방식은 결코 아니다.

이를 위해서는 일단 비서구문학을 구미의 틀에서 벗어나 해석하는 노력이 필요하다. 그동안 아시아문학은 물론이고 비서구문학을 해석하는 틀이 별로 없었던 것은 구미의 세계문학이란 틀이 워낙 강고하기 때문에 이것에 알게 모르게 흡수된 채 이해하려고 하였던 관행이 널리 퍼진 까닭이다. 이제 아시아문학을 비롯한 비서구문학을 그 자체로 읽어내려고 하는 노력을 기울여야 한다. 이러한 지적 모험이 축적될 때 아시아문학 및 비서구문학을 바라보는 관점을 획득할 수 있을 것이다. 이 새로운 과제를 수행하는 것은 결코 쉬운 일이 아니다. 설령 그것이 험난하고 위험한 일이라 하더라도 피하기 어렵다. 그러한 노력을 하지 않으면 구미의 세계문학의 틀이 더욱더 공고화될 것이고, 이것을 극복할 수 있는 이론적 대안은 더욱 멀어지기 때문이다.

김재용

한국문학 및 세계문학 전공
원광대학교 국어국문학과 교수

저서

『민족문학운동의 역사와 이론』(한길사, 1990)
『북한문학의 역사적 이해』(문학과지성사, 1994)
『협력과 저항』(소명출판사, 2004)

지구적 세계문학 총서 1

세계문학으로서의 아시아문학

초판 1쇄 인쇄 2012년 11월 16일 | 초판 1쇄 발행 2012년 11월 23일

지은이 김재용
펴낸이 최종숙

책임편집 이태곤 | 편집 임애정 권분옥 이소희 박선주
디자인 안혜진 이홍주 | 마케팅 박태훈 안현진 김종훈 | 관리 이덕성
펴낸곳 글누림출판사 | 등록 2005년 10월 5일 제303-2005-000038호
주소 서울시 서초구 반포4동 577-25 문창빌딩 2층
전화 02-3409-2055(편집부), 2058(영업부) | 팩시밀리 02-3409-2059
홈페이지 http://www.geulnurim.co.kr | 이메일 nurim3888@hanmail.net

ISBN 978-89-6327-218-4 94800
      978-89-6327-217-7(세트)

정가 18,000원

* 잘못된 책은 교환해 드립니다.

* 이 저서는 2007년도 교육과학기술부의 재원으로 한국연구재단의 지원을 받아 수행된 연구임.
  (KRF-2007-812-A00175)